神奇的神居山

张春鹏 著

中国戏剧出版社

图书在版编目(CIP)数据

神奇的神居山 / 张春鹏著. —北京：中国戏剧出版社，2022.9
ISBN 978-7-104-05222-7

Ⅰ.①神… Ⅱ.①张… Ⅲ.①民间故事—作品集—中国—当代 Ⅳ.①I277.3

中国版本图书馆 CIP 数据核字(2022)第 094266 号

神奇的神居山

责任编辑：赵宇欣
责任出版：冯志强

出版发行：	中国戏剧出版社
出 版 人：	樊国宾
社　　址：	北京市西城区天宁寺前街 2 号国家音乐产业基地 L 座
邮　　编：	100055
网　　址：	www.theatrebook.cn
电　　话：	010-63381560（发行部）　010-63385980（总编室）
传　　真：	010-63381560

读者服务：010-63381560
邮购地址：北京市西城区天宁寺前街 2 号国家音乐产业基地 L 座

印　　刷：	北京九州迅驰传媒文化有限公司
开　　本：	710mm×1000mm　1/16
印　　张：	14.75
字　　数：	234 千
版　　次：	2022 年 9 月　北京第 1 版第 1 次印刷
书　　号：	ISBN 978-7-104-05222-7
定　　价：	98.00 元

版权专有，违者必究；如有质量问题，请与出版社联系调换。

序

朱延庆

高邮的湖西有座神居山，又称"土山"，1958年称"天山"，是一座1200万年前的火山，海拔不到50米，但被人们称为"淮南众山之母"，是尧文化重要发祥地。孔子称"唯天为大，唯尧则之"。司马迁赞帝尧"其仁如天，其知如神，就之如日，望之如云"。帝尧是华夏民族的文明始祖，民众视之如"神"。

魏晋历史著述家皇甫谧所作《索隐》称："尧初生时，其母在三阿之南，寄于伊长孺之家，故从母所居为姓也。"这段文字中"三阿之南"是指江苏高邮西北，这就可以认定尧出生于神居山一带，是公元前2200年至公元前2100年的人。

神居山至今仍有关于尧等人的传说和遗存，如仙人井、仙人棋、排牙石、千年古树等。帝尧发明了围棋，神居山上有很大的棋盘，每年农历三月初三晚上，人们在云雾缭绕的月牙光中会看到两位白发苍苍的老人在下棋，即帝尧和烂柯之人王质。

在位63年的汉广陵王刘胥也选择了在神居山这块宝地安葬，"黄肠题凑"的棺椁极其罕见，可惜迁到了扬州市区，失去了原汁原味。不知2号墓、3号墓葬的主人是谁呢？

东晋的宰相谢安曾在神居山炼丹，南齐的亘公也曾在此种药、建庙、炼丹，炼丹九次，吃下去三天，成仙了。炼丹的石井、石臼还有棋盘都留在神居山。

宋代乐史撰的《太平寰宇记》中记载了神居山排牙石，石齿如排牙，人数之，越数越多，神居山更"神"、更"奇"了。

宋代在神居山山顶扩建了悟空寺，共99间。寺旁有两棵银杏树，所结的白果无心，其味尤佳，这使神居山又平添了"神味"。

清代大学者阮元为悟空寺题了一副对联："峭壁贯东南，石棋匝地，银杏参天，望盂城双塔悬空古寺，好修佛果；长湖绕西北，松泉飞瀑，药臼含云，看甓社一帆稳渡名山，定有仙居。"这一副对联是"秦邮八景"之一"神山爽气"的形象描绘，为神居山增添了几分"神韵"。

张春鹏老师生于神居山下，长于神居山麓，出于对家乡的热爱，遍访民间，广搜资料，写成《神奇的神居山》。这些传说，或有历史依据，或存历史遗迹，或长期由人们口头流传，或为神居山人亲身经历、亲眼所见。传说不一定要符合历史事实，但要合情合理，反映人们的理想愿望，要弘扬真善美，鞭挞假恶丑，宣传正能量。这使神居山更增添了几分"神采"。

写历史传说的文章要有丰富的想象力。丰富的想象可以使自然人格化，使抽象的感情、感受、意念等具体化、形象化，可以产生言虽尽而气不绝、韵不断、味无穷的效果。

2018年7月，神居山地区开钻出地热温泉，且属于优质珍稀温泉，世界顶尖，国内一流，这使神居山更增添了几分"神道（精神旺盛）"。

神居山是一座蕴有中华优秀传统物质和文化的基因宝库，古老美丽神奇的神居山应当得到积极而有序的开发利用，为人类的文明进步造福。

(本文原载《高邮日报》2019年9月16日第三版)

前　言

　　神居山是由 1200 万年前的火山爆发、岩浆迸射而形成的，若干年后这里又有了高邮湖。这从天而降的湖水泱泱、青山叠翠、山水交融等画面给这里的人们留下了流传甚广且美妙的民间"神话""传说"……

　　说她是："内揣宝藏、外生仙木灵芝"横空出世于此，因仙人结屋栖息在这里，故称她为"众山之母"。

　　说她是："天上玉帝派遣秦始皇下凡，用神鞭赶飞神居山降落世间许多山。"因那时这里的地表发生了巨大的变化——庞大的神居山脉不见了，然而南面却隆升出扬州的甘泉山、仪征的捺山等很多山。这也许是地球表面岩层挤压而导致这里地面南升北降之原因，那时人们不懂自然，因而才有上面之说。

说她是："人类开天辟地的活动中心。"因那个时期，龙卷风给这里带来接连不断的洪涝灾害，"淹至土山尖，才到大仪边"，巨大的水患使整个苏北陷入白茫茫的一片水域之中。传说这弹丸之地（神居山顶）没有淹，是天意，是小白龙求天老爷留下给陈州府、龙虬庄先民们的藏身之所。有了小白龙这里才有人类生存，否则什么也没有，后来这里也就成了人们朝拜敬仰小白龙的天堂（古人石的脚印、祭拜器皿、仙人石、仙人白、仙人棋等是当时最好的见证）。

说她是："帝尧诞生之地。"

说她是："有史以来历代达官贵人、将相王侯以及社会上一些富豪之人的藏宝之地。"明朝沈万三也就是由此发的家。

说她上面有"神洞""神幻""神景"……

这些传说给神居山罩上了一层美丽的外衣，同时又给古今一些作家们描绘作墨提供了取之不尽、用之不竭之材。四大古典名著中就有两本与神居山有着千丝万缕的联系。

《红楼梦》的作者是曹雪芹。2019年6月1日，中国红学家潘知常来扬州讲坛宣讲时曾讲道："曹家与扬州关系甚深。"在《红楼梦》回目中唯一提到的是扬州，而且是两次："贾夫人仙逝扬州城""林如海捐官扬州城"。书中主人公林黛玉也是扬州人。曹雪芹曾来到自己爷爷曹寅做过多年官的扬州，游走他爷爷常烧香的地方——神居山，回去因印记在脑中的那山上许多神石而得一梦，故开始用《石头记》回忆曹家辉煌的年代。

清代文学家蒲松龄著有经典小说《聊斋志异》。他31岁去高邮任职，也是经过这难以通过的神居山脚下，后被一美少女送出，掉头再找此女却不见踪影。有人说她是"鬼"，否！她是当地红缨枪女侠队伍中的一员。当时那里的邪恶势力装神弄鬼残害百姓，女侠们也将计就计变身成"鬼"去瓦解他们，同时也为这里的穷苦百姓做了很多的好事。正因这女侠的引路，蒲松龄才得以脱险，故《聊斋志异》全书中始终贯穿的是歌颂女侠的行善之"鬼"这条主线。

《西游记》作者是明代文学家吴承恩，他是淮安人士。书中故事与神居山的传说同样有一定的关系。

由此可见，古今作家们把这里的民间传说收为己用，去铺垫、去牵引文章，而今我们应把它作为一份宝贵的"非物质文化遗产"，搜集起来，流传给我们的后代……

神居山概况

神居山位于苏、皖两省三市交界处，海拔46米，虽说是小山岳，却矗立在扬州西北一望无垠的水乡平原上。这一神山，人们感到奇异，称之为"万山之母"。

早期，人们还不叫她"神居山"，叫"丹岭"，又叫"丹陵"。

宋时，神居山山脚方圆80余公里。这广阔的丘陵地还是一真龙地。是的，这周边一带波浪式的丘陵长长宽宽，似同一条匍匐前行的巨龙，最大的山峰像昂首的龙头。由于数千年的地理变化，那神居山旧貌随着陈州府、龙虬庄遗址不复存在。

到了明代这山又有变化。据《高邮州志》记载："神居山在州治西六十里新安村，高二十五丈，周十五里，石山戴土，又以其形类土字，一名土山。"远古的神居山不断被大海中大量流失的泥沙淤积成陆地，山体基本上被深埋地下，但如今之依旧剩下一座山顶，人们也只知这山顶叫神居山。

这里的山与水常孕育龙卷风，这奇特的风常从高邮湖发起，拖曳着巨大的白色水柱于神居山落下。先民们说这风是"小白龙"，山上有白龙洞、白龙塘，每当风来临时，都说是"小白龙"来这洞的家里了。远古的一天，"小白龙"经过山脚下两个地方，后来人们又分别给那两个地方命名为"龙虬庄""骑龙庵"。

早在新石器时代，我们的祖先受这"龙"之说的萌发聚集而来，到这里创造了古人类的一片天地。龙虬庄遗址的发掘证明，周邱墩的"邱"字，古字写法是"邶"。这引起人们的注意：那时曾经有过今河南汤阴东南邶城一带的人来这里。考古学家说："看到这些石斧、石锄、陶片，仿佛在我们眼前看到一幅原始画面，我们的祖先与天斗、与地斗、与野兽斗、与大自然斗是多么不容易啊！"几千年后，尧的外祖母也是从很远的地方赶来山上采药，收养了尧母庆都，庆都长大受先民的影响，来到三河之上祭祀、拜求天上玉帝送龙子来人间管制这不安宁的天，后（尧母）在神居山龙洞里，果真生下尧。神居山成了尧诞生的摇篮。这"真龙地"摇篮的灵气又使他成为龙子……

总之，远古时期，神居山的地表隆起，蜿蜒形似一条龙，天上吹过一阵风也好似一条龙。这一方热土上的自然物给人们以恬美、祥和、向上的心灵，用石斧开辟出了一片新天地。

然而在人类历史发展的长河中，神居山这一席片土地也是和中华民族的命运相连的。有太平盛世、超脱世俗的人们幸福生活的年间，也有狼烟四起、危机四伏的人们无处藏身的年代。是的，此山神就神在天下安然，她肖然不动；天下动荡，这里也是龙卷风四起……

目前，地方政府把神居山旅游开发工程作为一项重要产业来抓，着手谋划神山、神泉、神水、神韵及现代田园综合体蓝图，真正让诗歌、民间传说融入这宏伟的目标之中。让神居山古文化、古文明源远流长。

内容简介

苏北平原上坐落着一座神居山。这山独特"神奇"的是她古老的历史孕育着广为流传的民间传说。为了把这些传说传承下去,本人搜集整理了部分,例如:与历史遗迹相关的《白龙塘》《仙人井》《山外青山楼外楼——沉没在高邮湖底的"承州府"》等。有的传说史书中有记载,如"神居山古代叫'丹陵'";有的是人们的所见所闻,如《打猎途中遇仙女树神——仙女显灵(一)》,呈现的是20年前一天傍晚,菱塘一个姓谈的人在打猎回家途中遇到的惊人一幕;还有《神梦——"梦回苏州"》《神洞——小白龙窝》……

远古时,我们的祖先因受这里"龙之说"的萌发聚集而来,有了7000年前古人类文明的发祥地——龙虬庄庄园。

更有人相信:神居山是天上仙人下凡的落脚之地。玉皇大帝来山上游玩后,使山石有了灵气,孕育而生尧母庆都,日后横空出世了尧。后来,尧帝在这里创造了灿烂的文化。

古今中外无数的文人雅士又因这些"神奇"事而常来此醉立山巅,咏有很多诗篇。

全书是围绕神居山之"神奇"去撰写的。其目的一是激励人们热爱家乡,为家乡建设贡献自己的力量;二是把它献给神居山旅游开发公司……

神居山，在江苏高邮城西六十里，
石山戴土，一名土山，《太平寰宇记》上，
有石井石臼，山下人时见人着朱衣高冠，
徘徊井侧，或云古列仙之宅焉，
《舆地纪胜》：山不甚广，而股趾盘礴甚大，
遂为州境之望。

——中华博物编辑《中国古代地名大词典》

神居山旅游区南大门

神居山帝尧文化公园全景图

夏商周断代工程首席科学家、专家组组长、中国先秦史学会理事长李学勤教授,中国社科院研究员、中国先秦史学会学术顾问组组长孟世凯参加"高邮:尧文化发祥地"高层论坛新闻发布会

"高邮:尧文化发祥地"高层论坛

古悟空寺

汉文化公园

第一篇　神山传说篇

神居山上的"一声惊雷"——帝尧的诞生 / 003

天上　人间 / 006

金牛与金碾子之说 / 016

土地老爷下围棋　输掉了桃林 / 019

神居山竟是一个世外桃源 / 021

秦始皇赶山塞海 / 025

三公主盗鞭 / 027

"千枰局变三峰老……" / 030

穆桂英出世 / 032

沈万三魂游神居山 / 034

吴三桂初出茅庐　除妖显神威 / 038

高邮湖中的坛子精 / 041

杜周除怪蟒 / 043

打猎途中遇仙女树神——银杏显灵（一）/ 045

月光下的白面书生——银杏显灵（二）/ 046

仙人碓 / 048

仙人井 / 050

神牛下凡 / 051

第二篇　趣闻传说篇

仙姑骑龙下凡尘——骑龙庵的传说 / 055

甘露寺因"龙"的典故而闻名 / 061

"郭集"地名的来历 / 062

官路集的传说 / 065

马头庄的传说 / 067

"朱（猪）吃蔡（菜）" / 068

来源于神居山上两只"石羊" / 071

磨子桥的故事 / 073

"东墩坎　鬼造反" / 075

落星坟 / 080

轰动四乡八镇的肖老爷墓 / 082

驱鬼之说 / 084

高邮湖是远古"承州府"沉没而来 / 086

山外青山楼外楼——沉没在高邮湖底的"承州府" / 089

神童收拾"七十二怪浪" / 091

王西楼嫁女儿——话多——王磐绘画故事之一 / 093

露筋晓月——王磐绘画故事之二 / 095

一段错爱的姻缘揭开"众山之母"说 / 097

第三篇　神龙传说篇

神居山是"龙起源说"之地 / 107

小白龙探母 / 108

琅珞救龙 / 111

降伏小白龙 / 114

巧遇姻缘 / 116

龙娃丢失 / 118

戏耍龙王爷儿们 / 120

八仙斗龙 / 122
真龙地 / 124
神居山上三"土龙"的出没之说 / 126
神洞——小白龙窝 / 128
白龙塘 / 129

第四篇　历史故事篇

帝尧造围棋 / 133
"淝水之战"与山上围棋 / 135
神居山墓主人刘胥传奇 / 137
神居山一带曾是唐朝时期的古战场 / 139
黄巢杀人八百万，"在树""在叶"命难逃 / 140
韩世忠救民于水深火热之中 / 143
神梦——"梦回苏州" / 144
包公私访承州 / 146
状元沟 / 148
"送驾桥"因神居山而得名 / 150
明朝朱允炆削发为僧隐居神居山 / 152
一代枭雄吴三桂回家祭祖　寺庙遭灾 / 154
神居山上"嗒！嗒！……"的机枪响
　　——解放战争中杨可夫的真实故事 / 155
烈士王大林的故事 / 158
神居山工人炸出汉墓 / 160
炸山揭开嫦娥失宝之谜 / 162
李三娘的传说 / 164
神居山下的"烈妇"坊 / 165
铸剑传奇——三王墓的故事 / 167

第五篇　其他

神居山之"神奇" ／ 171

秋登神居山 ／ 174

魅力神居山——电视专题片解说词 ／ 176

古悟空寺 ／ 180

"千年银杏"是神居山标志之一 ／ 185

帝尧生平简述 ／ 186

神居山一侧高邮湖中的"甓社珠光" ／ 188

神居山温泉 ／ 190

附录　神居山诗词古韵选

神山爽气　顾宗泰 ／ 193

神居山　李　滢 ／ 194

登神居山之二　贾田祖 ／ 195

神居山晚眺　孙弓圣 ／ 196

秦邮八景诗·西山爽气　孙宗彝 ／ 197

神居山访亘公遗迹　孙同辙 ／ 198

登神居山　杨福申 ／ 199

咏怀古迹八首·神居山　李必恒 ／ 200

登神居山　陈　桂 ／ 201

九日登神居留题　陈　造 ／ 202

晓出土山　释道潜 ／ 203

神居山　吴　康 ／ 204

说《神奇的神居山》写作　张明光 ／ 205

作家朱延庆阅《神奇的神居山》留言　徐　步 ／ 207

后　记 ／ 209

第一篇

神山传说篇

　　传说神居山不仅是"真龙地",尧、穆桂英等在此诞生,还是天上仙人下凡之地,仙人井、仙人碓、仙人棋的传说一直在人们脑海里回波荡漾……传说山上有一架登天云梯,如你登上云梯就"可上九天揽月,可下五洋捉鳖"。曾有杰来、沈万三等人乘坐云梯去天上看了一朝。

　　是的,人们在欣赏神山美好的自然风光时,不免有一种摇摇欲坠感从而联想到一些浪漫的神奇故事……

神居山上的"一声惊雷"

——帝尧的诞生

  传说颛顼时期,老天的西南角不知怎么塌了一块,暴雨是连月不断,特别是龙卷风多次从高邮湖发起,席卷着巨大的水柱直冲云霄,又似一根巨大的白色抽水泵安置于天、地之间。这里成了汪洋一片,大水升至神居山山尖,一直淹到十多公里外的大仪边,整个天下大部分陆地被海洋吞没。更要人命的是天晴之后天上还下起"火球"和"石头",摧毁了众多的村庄。别说是人类,就连钻在洞穴内的动物也深受其害。这不,山脚下死了一条巨大的蟒蛇……

  先民们雨天盼晴天,晴天天上掉火,又盼雨天。这一天正午,先民们正躲在家里避烈日,忽然听到外面神居山上空响起了一声惊雷,接着刮起了龙卷风,他们纷纷出门吹风散热,一个个议论纷纷:"咱们这水深火热的日子怎么过呀?""请大家少安毋躁,我看,这几天风云乍起、繁星坠落是救世主临世的预兆。""是真的吗,何时呢?""今天不是又刮起龙卷风了吗?那你就注视着风的动向。"听懂行人这么一说,大家注意到,这风是从高邮湖起,一路横扫,飞沙走石直奔神居山而来的。接着又有人惊叫:"看,不知从哪刮来了两只蝴蝶!""不对!那不是蝴蝶,而是两个美若天仙的女子!"

  说话间,只见那两个女子从云雾中飘落到了神居山一草丛中。此时这里人越聚越多,一个个望着她俩有很多的惊讶,又有很多疑惑:"她们是何人?又为何出现在这?"

  这二位中最年轻的那位叫庆都(后来的尧母),另一位是庆都第二个养母伊耆夫人。

这里先赘述一下庆都的诞生。

传说庆都无母，是山上石头孕育的，远古时候这里不叫神居山，是一处几十公里高高低低、波浪式的丘陵地域，向南看去地形就像匍匐在地的一条巨龙。有一天，天上的玉帝下界，来此游玩。玉帝不小心脚被碰破，流了一点血在巨石上，染红了石头又染红了整个山岭，人们便将山岭取名为丹岭，又称丹陵。

后来滴上玉帝血的山石诞生了一个女婴，被当地陈锋氏夫妇收养，取名叫庆都。庆都长大很像神人大帝，尤其奇怪的是她走到哪儿，总有一朵黄云飘浮其上。后其养父母病故，庆都又被伊长孺一家收养。

庆都越长越漂亮，当时三皇五帝之一帝喾辅政的时候，伊长孺同庆都来到帝邱。帝喾母亲握袁闻听，就对帝喾说："你是天上的赤龙，庆都是山上的地龙，上天安排你们配成一对你看如何？""既然上天有安排，母后做主，儿怎能不允？"说罢时隔不到十日，帝喾就迎娶庆都，收她为第三妃，封伊长孺为伊祁侯。

庆都成婚后不久，住在娘家，她很想念帝喾。一天夜里，她似乎察觉屋外又刮起了龙卷风。不一会儿便有一条龙在她住处的窗前探出头，后来到她身边的却是一个人。"你是谁？""才十几天就不认识我啦，朕是陪你来了……"此后庆都怀了孕，过了十四个月，庆都知道自己要生了，叫自己母亲陪着去坐船于三河之上。因天经常闹腾，伊长孺想阻拦，然而女儿像有什么心事坚持要去，也就没说什么，带女儿一道来到船上。她们划着船，先靠着岸边划，后觉察还比较安全才向河中心划。又行了半天，伊长孺打算回去，庆都道："今天天空晴朗，再向前划。"伊长孺只好又划了一段路程，到了正适合自己祷告的河中心。庆都虔诚地两手合十、双膝跪船，仰头朝天空，口中念念有词。祷告完刚要吩咐自己母亲划船回去，忽然发现远方无风的河水竟翻起浪花，眨眼间河水腾起巨浪直奔她们而来。"不好！是鱼怪。"与此同时天空又突然变脸，河中风起云涌，她们还没明白怎么回事，就已被龙卷风吸上了天，昏昏沉沉中，被甩落到了神居山上的草丛中。

霎时间，山上山下兵马如潮水，人流如海洋，两个女子周围又赶来了卫队、御医、丫鬟、奶娘等。他们赶忙轻轻地扶起昏迷不醒的庆都母女，走进附近一个"小白龙洞"里安息。不一会儿，庆都完全清醒，她知道这次是父皇玉帝搭救于此。玉帝也知道庆都坐船于三河之上，不是去观光游玩，是她快要分娩了，去河中心求上天能使自己生一个解救天下庶民之大难的"龙子"，因为那时天下正处在"十日并出、焦禾稼、杀草木、而民无所食"的乱世之秋。她正思绪万千之时，一道闪电从洞口进入从庆都眼前划过，就像医生用手术刀在庆都的肚子上迅速开了一个口子。

一个男婴降生了："哇——""咔嚓——"小孩的哭声引来了震耳欲聋的雷声，继而是瓢泼大雨。

庆都不负众望，终于给人类带来了"龙子"，他就是后来的救世主——帝尧，出生时间是甲申年二月初二。人们为了怀念庆都，把"小白龙洞"叫"尧母洞"，神居山也因帝尧神奇般的诞生而得名。

尧长到十八岁，代挚为天子，成为我国原始社会末期部落头领。他登位后，派后羿射日，天上不再有十日；派女娲补天，天不再下滚烫的石头；派大禹治水，地上洪水不再泛滥；领群雄定中原，中原不再分裂。他如日之光照天下……

天上　人间

　　传说天上与人间不一样。如你能上得天上去,待一会儿,看一眼,就会使你如痴如醉。那么,从古至今是否有人去过? 有! 那还是在很早的时候,有一个叫杰来的人去神居山避难,幸运地跟天上的仙人从山上乘坐过云梯去天上看了一朝……

洪水逃生

　　杰来是一个农夫,住在一个十多户"蓬草编织的门、老茅草盖房"的偏僻小村落。时值干旱三年天不下雨，地里颗粒无收，村民们有的饿死、有的外出逃生，村上的人所剩无几。杰来靠地里收的一点豆子等维持生计，可今年种子已种到地里很久了一直没发芽，杰来如坐针毡。这一天他又扛着铁锹来到地里观看种子有没有发芽，又抬头看天是否下雨，有希望！天的西北角起了乌云，那云头很快就像一块黑色的幕布向这边拉了过来，遮住了整个天。再随着一道闪电，撕开了天幕，大雨倾盆直倒，刹那间，就成了汪洋一片。村民们有的攀上了大树，有的爬上房屋，在洪水滔滔之中哭爹喊娘，鸡犬不宁，不时还有尸体漂于水上。杰来情急万分，在他将要被洪水吞没之时，神奇的事发生了：一条大路在他的身旁穿水而过。"这是天助我也！"杰来嘴里念叨着抓起水中的一根木棍撑起身子从水中跃上了路面。

来到路上他又疑惑了："大水之中这脚下的路怎么来的？难道自己走进了水龙宫不成？不是！水龙宫在水里，这上面有天，再说路的前方是神居山还升着太阳。不管怎样，我还是暂时离开这一片汪洋，去神居山上避一下吧。"想到这里，杰来顺路迈步向山而去，路上也有逃离家乡水灾的人，杰来与他们结伴而行，他们穿草丛、过木桥，走着走着路没了，蹚大水向前，历经千辛万苦终于来到神居山脚下，然而又被一片芦苇荡挡住了去路。正在这时他们的侧身出现一位白须老者，杰来从众人中走出，请老者指路。老者一言未发，只是伸出一只大手对着芦苇荡划了半圈，意在叫他们从芦苇丛中经过。"芦苇中有蛇虫怎么走？"老者笑嘻嘻地向大家招手，接着他在前领杰来等人向芦苇中走去。说也奇怪，他所到之处，茂密的芦苇纷纷让开了一条道，大家紧随其后……出来后，杰来追赶老者想说一声"谢谢"，可老人家头也不回，疾步如飞飘然去了。

草木显灵

杰来这才知道老者是一位不平凡的人，招呼大家跪下向他的去向磕了一个头，不多逗留，向神居山上而去。神居山是一个湖水环抱的小山，水与山，山水映照；山茶、青松、翠竹给整个山体披上了一层绿装，晚风过后绿浪翻滚。山上来的人还不少，这些人边走边谈论"神居山上有仙，山上的草木有灵"的话题。

"你知道山上最引人注目的是什么?"

"是山上的银杏树!"

"人们在十余公里外就能看到它。"

"昨天,我站在家门口想远望山顶上的银杏,不知怎的还就没看到。"

"告诉你:它显灵时,在远地才能看到她,像屹立在山巅之上的一棵青松!有它的衬托使神居山像美丽的少女头上扎着绿纱巾在迎接客人们的到来……"

"显灵的不仅仅是这银杏树,还有过去山上的降龙木!穆桂英曾用它大破辽国的天门阵。另外天上的小白龙遇上降龙木也得抖三抖。不然,人们怎么能叫它降龙木呢?"

仙僧放树

杰来和同行的人们在交谈中,忽然被山上的钟鼓齐鸣声打断。循声音向上一看:看到一座空中楼阁,不是!是人间仙境!又错了,那是坐落于山巅之上的古悟空寺。看到这,杰来想起这里郑二太爷告诉人们庙里的和尚去他家做客时所发生的一件奇事。这位二太爷家就住在此山脚下。起初(是在刚建庙期间),这些和尚因外貌丑且衣着脏乱,二太爷不把他们放在眼里,不让他们去自己家做客,后来和尚们为二太爷家先祖诵经,又治好他家孙儿的疑难疾病,二太爷为表达感谢之情,答应把自家院落中一棵镇家之宝树——降龙木给他们庙宇竣工闭龙口用。承诺后的第二天早上,四位和尚(其中一位瘸和尚是领头的)去放树。二太爷担心降龙木周围是墙,树枝触房,放倒树会砸毁房屋。瘸和尚叫二太爷放心:"不碰坏你家一块砖瓦!"接着手一招,半空降下一朵白云罩于树上。又对身旁的三位师兄咕噜几句,那三位手一拍跃上裹着云的树冠,呈鼎足之势护住参天的大树。在下面的瘸和尚整衣、试锯开始放树。只见他绕树一周,行如风,口中念咒显神功。手中锈锯一挥,则树枝飞。剩下像旗杆似的光秃秃树身,再锯两下一拖树根,只听"咔嚓"一声,树干微微晃了一下腾空而起,被一团云雾中的三个和尚提着在空中转了一圈,向寺庙而去。树没了,再找瘸和尚也无影无踪。看得二太爷半天才回过神,庙宇里的和尚是天上下凡的仙僧……

古庙访仙

"寺院里的和尚是仙家？""是不是我们去上面的寺庙瞧瞧便可知晓。"杰来他们揣着这些好奇的心理加快了步伐，随着拥挤的人群向寺庙走去。来到古悟空寺前再看，寺庙门朝东，门旁有一副好长的楹联，庙宇设有前厅、中殿、大雄宝殿。南北配建库房、回廊、厢房等。供奉韦陀、观世音、释迦牟尼等神佛几百尊。香火特别旺盛，信徒香客磕头跪行拜佛。山上山下人流络绎不绝。各地商贩、江湖侠客云集，人声鼎沸。

这一切令杰来他们眼花缭乱。又向里走，穿过院落，经过钟鼓楼，来到了一座殿堂。"哎！前面几处怎么没看到和尚？""前面没有，你看这殿里不是有一位大师吗？"是的！大家把目光投向殿堂中，只见一位面相圆润、头戴僧帽、身披袈裟的大师静坐堂前。跨门向前细观，原来不是和尚，是一座僧伽大师像。不到跟前还的确分不出究竟是像还是人，形象就是如此逼真！"这是雕像不要多看！很多和尚在那里！""你看错了！它们又不是和尚，是观世音像！这些像离大师像又不远，怎么看不清？""不是！我是看这些诸多的像似乎一个个端庄的真人才这样叫的。"观世音像共有三十三尊，惟妙惟肖、形态各不相同：有坐船显圣乘风破浪于海中的；有右手支颊深思，无时不在惦念人世间疾苦的；还有的在空中疾驰飞行……

杰来他们来到观世音像前跪拜神像，口中念念有词：希望菩萨让他们早日避开水灾，过上幸福生活。来这朝拜观世音菩萨的人陆续不断。接在杰来他们后面又是好几位。然而奇怪的是在这些人朝拜时，好像观世音菩萨脸上显现出怒容。只见在一如观音像面前跪着一位公子哥儿，这位公子泪如雨下，恳求菩萨饶恕他一命。原来那公子依仗自己家庭势力，在社会上横行霸道，强奸民女，致人死命。故而夜里常梦到有人拿绳索纠缠于他。那人就是一如观音。今在此一如观音更是怒发冲冠，发怒后，见她嘴唇动了动，那公子立刻倒在地上不省人事。"报应！真是报应啊！"……观世音菩萨救的是像杰来他们处于水深火热中的苦难大众，惩罚的就是那些为非作歹的坏人。

"杰来！你可怜这公子干吗？对这种人菩萨是应该重惩。走！我们找和尚去。"旁边的人说着拖着杰来出了门继续向前走。"你看那有两个和尚正向罗汉堂门里走去。我们跟上去，跟他俩聊聊。"说着杰来他们就快步进了殿堂门，来到小和尚后面。"你们是仙僧？""哪里话来，阿弥陀佛！施主请了！"俩和尚转过身，与来人搭讪不到两句便扬长而去。"他们是小和尚，打量他们干吗？""不提了！你看那有五百罗汉像，我们去看……""据说五百罗汉是五百只大雁所化。""这么多罗汉像气势真恢宏！"旁边的人用话引杰来去看雕像。然而杰来却无心在此逗留出了门，旁边的人收起了话语也出门跟上了杰来。

"现在我们去哪儿？""我们扑了几处空，不去别处，循着锣鼓声去法堂。"杰来等说着就往法堂那儿去。来到了法堂，跨上法堂东侧的廊檐，透过窗户看：里面有四个偏殿。念经的分别是道士、尼姑、喇嘛、和尚。"他们念的经相同吗？""当然不同。道士念的是《道德经》，是老子留下来的东西，主张鬼魂向东去，那地方是东方净土，那里好；尼姑所念的经主张鬼魂向南去，去那找观世音菩萨，观世音菩萨很同情众鬼魂，能让小鬼们住在安静的地方；喇嘛是西藏教士，念的经主张鬼魂向北去；和尚所念经的意思是：西方金砂铺地，那地方是极乐世界，劝这些鬼们向西去。"

不管是和尚还是道士，他们面对活着的人们都是以慈悲为怀，人死后又想用经咒带领鬼魂一路顺风到达美好的天堂。杰来等这看看、那望望，不知不觉也就走进法堂西侧和尚所在的偏殿。这时和尚们《金刚经》已经念完，开始念《止伤咒》了，他们敲木鱼念经："劝君莫结怨，冤深难解结。若将冤报冤，如狼又见蝎……"此殿的前面端坐着三大姑八大姨，旁边还有几位男士及孩童趴在地上听经。其他几个偏殿也同样如此。

这么多的和尚就在眼前，杰来等人想分辨他们哪几位是仙僧，但和尚们忙碌接触不了。后来杰来他们又去了其他殿堂。然而见到的则是打扫卫生的几位小和尚。噢！后来才知有外来的受赐御书的高僧在国师楼内讲经，除去法堂而外的其余法僧全部在那授业。"我们再去那看看……""去那就是和尚与你见面，你也分不出他们是否仙体之身。""是的！仙道之人是不会露馅的。郑二太爷讲了，去他家的四位若不是要伐降龙木，怎能泄露自己的真相？"

二僧献丹

杰来等深知去国师楼也是空去一回，于是他们就走出了庙门。巧的是杰来他们在罗汉堂遇到的那两个和尚也出来了。只见他俩直向庙宇东南角而去。"二位仙僧等等我们！"杰来一边叫喊着，一边头前领着他们的人向前赶，没几步就赶上了和尚。"喊我们干啥？告诉你们，我们不是仙僧！""不是！我们很羡慕二位师父，想和你们做伴同行。""难道你们想出家当和尚？"杰来面对两个和尚的问话很婉转地回应着，几句话逗得他俩开心了，还邀请杰来等人去做客。

杰来等人盛情难却，就随同他们向附近的一座草房而去。到了草房才看清，房子原来是一座道观。和尚推门，把杰来等人让进屋子。此屋简陋得很，只有正屋和厨房两间。进来的这间正屋，除了一张供桌和桌前放着一个蒲团，其他什么也没有。两个和尚其中一位，进得屋来就急忙到厨房里忙。另一位找来鸡毛掸刷了两下桌子上的灰尘后，就坐在屋中间的蒲团之上，招手邀请杰来等落座。"不客气，师父您安坐！"杰来回应着叩拜见礼也同坐于地，其他多数人嫌地肮脏半蹲在地。和尚扫视了一下在座的众人，口念"阿弥陀佛"又继续和杰来等攀谈起那路上说的话题。聊了不一会儿，厨房里的那位和尚茶已做好。"什么茶呢？噢！原来是汤圆。"那和尚忙往桌上端。杰来也起身帮忙把厨房里的汤圆全端来，请两个和尚一起吃。他俩摇摇手退至厨房。众人见和尚离席，就七嘴八舌议论开了。"这二位极其脏，做的汤圆不能吃。我透过那窗看到那位在厨房里是用自己口鼻里的鼻涕、黏痰搓的。""我也看到了，还看到他用身上、脚上的黄脓呢！实在让人恶心！"他们在唠叨的同时还骂了和尚。虽声音不大，但两个和尚在一墙之隔的厨房里怎会听不到呢？故而也气恼道："这些人嫌脏不用，是草芥，不管他们！我俩去也。"

说着打开厨房后门飞快而去。起初杰来就觉得这二位不是平凡之人，眼下更有所感。但也和众人一样吃不下汤圆。想阻拦自己的人不要乱说，止不了。正在着急，忽见两个和尚匆匆而去。杰来忙出门跟着，同时招呼众人也一起走。"这样糟糕的两位，跟着丢咱们的脸面，还是让杰来一人去吧！"杰来的话他们转不过弯，不但不跟着，还嘟囔着把桌上的汤圆倒给外面一位老太婆，让她拎回去喂猪，而后各奔东西。这些人却不知：猪吃下汤圆成了怪仙，给那上天的两个和尚带来了麻烦。

天街醉人

再说杰来紧随两位和尚，没走多远，就登上了一个白色的大山墩。然而让他奇怪的是在山墩上，四处寻找不见他二位人影。更奇妙的是待在这大山墩上，像是处在大海之中的一叶扁舟上，它还一直飞速升腾向上。是的！眨眼间就看不见脚下古庙踪影了。"山墩真奇妙，能飞速升腾，它能上升到怎样一个高度呢？"正在杰来疑惑不解自言自语时，感觉有两个身影从他身边离开山墩而去。细瞧，原来是自己要找的两个和尚。

"师父等等我，带我一块去。"两个和尚听到杰来的喊叫，气急地训斥道："不知好歹的东西，我俩好心献仙丹给尔等，尔等非但没吃，还给一位老太婆拎回家喂猪。""你看那些猪已上天了。我们要去赶猪，又怎管得了你呢？"杰来顺着两个和尚指的方向看，前面隐隐约约是有一大群猪，这群猪直向上面的一个大山腰风驰电掣般飘浮而去。看一群猪去的那天地，处在苍茫白云中。天上的星河淡淡好像有，又仿佛无；于云雾之间的庄子，炊烟袅袅、灯火有时明有时灭。不一会儿，月儿从云雾中露出脸来，再看这又不是庄子，是一个热闹繁华的集镇大街。"不好，这些猪要是进入大街，把街上搅闹得天翻地覆怎得了？"杰来担心，和尚更害怕。他们赶上了猪紧追着不放。猪儿们"哇哇"地叫着转向一个低洼的山腰再难以逃脱。两个和尚趁机把这些畜生一阵猛打，最后一个不剩全打入下面的江里。

和尚赶猪，杰来心中有愧想去帮忙，然而感觉自己在山墩上好似陷入泥潭中一样不能自拔。猪被赶走了，和尚们腾空而起奔向大街。杰来再也不好吭声叫和尚了，只得看着那二位消失在街上人群之中。杰来生于农村，从没上过大街，今天处在这么高的位置得好好一观。

街道上那整齐的楼阁、亭台星罗棋布，一条条路道纵横交错，路旁树影婆娑，奇花异草清晰可见。尤其引人注目的是从街巷那头，腾空落下七位娇丽的女子。她们仕女打扮，个个发环盘绕，满头的首饰金光闪闪，长长的裙、宽阔的袖儿。她们一落地则轻移脚步向前而来。是去哪？噢！去大剧院看戏。那里面真是热闹非凡，院落楼阁两廊下，戏子们跳着整齐的舞步，微风中飘荡出她们的歌声。五层楼里灯光闪烁，伴随着少女们载歌载舞，整个街市锣鼓阵阵。锣声、歌声伴随清脆的笛子声，扣人心弦。笛子是街外藏身于森林之中的一位亭亭玉立的红装少女吹奏的，尤其是这悠扬的笛声，吹得山河欲醉、路上行人神魂颠倒。是的！杰来目不转睛盯着看，然而只见街市不断向上升，杰来知道和尚远去了，现在街向上升，是自己所在的白山墩向下坠的原因。就这样街市一会儿就不见了，自己又落到了古庙的一角。

牛童受惩

这一切经历对杰来来说就像做了一场梦。他又认为：这不是梦，是真的！还想找脚下的大山墩上去，再看一眼大街。然而大山墩不见了，从哪儿去呢？找啊找，看到庙宇东面神居山大山腰。在他的印象中大街是在山腰，误认为去那便可，于是便跌跌撞撞向下面走去。来到山腰之处没寻到街，正站在那愣着，忽然听到有人发问自己。

"小家伙，你的眼睛好了！又来捣蛋的是吗？"循声音向上看，在自己旁侧又一个大白山墩上有一老、一少两人在下棋。问话的是其中一位老者（杰来他们在芦苇荡遇到的那位）。杰来看到是带路恩人在向自己问话，知道他全神贯注忙下棋而认错了人，便倒身下拜答说："老人家不认识我啦？我是杰来，不好意思在此有所打扰。"老者也听出下面很有礼貌回话的人是杰来。知晓他指责错了人，并立即打招呼说："对不起！"

老者错把下面的杰来当成前天来的放牛娃。提起放牛娃，这里人都知道，他是一个不懂事、贪玩的孩子。家里人没法就买了几头牛让他放，他嫌牛多，瞒着家人把牛赶走失好几头。牛少了觉得好管理，可是没出几天，又发现牛群里多了一头，刚想把这多余的一头赶走，来了这位下棋的老者，说这牛是他的。因自己身体欠佳，请牛娃把这牛代管几天，日后是不会亏待他的。可牛娃嫌烦，不但没答应，还骂人。老者没法给了此牛一鞭子，牛"哞"的一声直往山上蹿。后来牛娃发现跑去的是一头金牛，立刻奔跑向前拉牛绳，绳子断了，拖曳牛尾巴，也没拖住，再看那头牛钻进了山肚里。金牛没逮着，他一点也不懊悔，却上山玩起这里的围棋来。你还别说，他对玩还很专心，曾经有很多人来这游玩，玩了不多时头就疼。尤其是看到地上仙人们没有带走的好多棋子，想数一数这棋子究竟有多少，可就是数不出来。而他没事任意玩耍，玩了一会儿，便一个两个地数了起来，数到最后发觉数得不准确。他一蹙眉，则计上心来，想到"小孩蹲草把的游戏"，从而用"摆草把"的方法去数出黑白围棋分别是180个。棋子是数对了，然而使自己意想不到的是眼睛看不见了。有人说牛娃太聪明，有人说："非也！他是太岁头上动土——玩瞎了自己的眼睛，你知晓吗？这是仙人棋，在这任意玩耍，山神能不管教他吗？"另外老者从山肚里赶出来的金牛让他发财，后来看他不怎样，又收回去了。这些能说他聪明吗？要说聪明，"周瑜十三当都督、甘罗十二为宰相"，这俩小孩才叫聪明，人从小得，像他们那样，有鲲鹏展翅九万里的志向。

白龙劫难

老者把牛娃的事说了是在教育杰来。接下来，又把近些天为何出现让人难以想象的异常现象告诉杰来：是因为那一天，天上仙姑骑着小白龙下凡尘游玩，来到神居山附近的一个偏僻的荒野之处，丢下小白龙，一人去了山上。仙姑走后，不知怎的小白龙病卧在那，回不了天，天上无龙怎会下雨？导致这里突然河川干断，地里寸草不生。小白龙得病惊动了天下百姓，很快有成千上万的老百姓赶来为小白龙驱赶蚊蝇。附近没有水，还从很远的地方担水浇灌小白龙。小白龙在百姓的精心照料下，终于起身飞天了。为报人们的救命之恩，一上天就忙于行云布雨。又由于病刚好，精神恍惚，一时大意，造成那天的特大雨水淹没了你们的村庄。那时小白龙还没感到这雨水给老百姓造成了危害。当知道时则立刻钻进这地下掘出分界苏皖的一条古运河，掘出的泥土筑路，让水中的人们逃生（也就是杰来从大雨中走出的那条路），同时又使大水快速从河里退入高邮湖。

杰来回家

这一老一少先与杰来谈天后论下棋，棋已下结束，准备离去。说要走，奇怪的是他们人没动，而所在的大白山墩在移动。再看那不是白山墩，和古悟空寺一角的山墩一样，是半空中的一朵云。他们坐在云上挥手说："走！杰来,我们带你走昨天的道回去吧!"杰来正想回家,也就跟随在两位的云朵下面从昨天的路出去。来到了山的出口之处,感觉好奇怪:昨天在大山墩上看街不是街,今天看路又不是昨天所走的路。昨天我来时路是穿越在大水之中的。今天水却没了,是一眼望不到边的平原。俗话说:"一日三变,这里一眨眼就是一个变化。难道我走的是仙境?""是!你来的这是一座仙人来往的神居山。你切不可像牛娃在这任意玩耍,要快点离去!"

杰来跟着两位出了山口一直往前走,很快就来到了他觉得比较熟悉的一个地方。老者告诉杰来:"这就是你的家园!"杰来听说是自己的家,有些不相信:先前这里干旱后下了一场大雨淹没了村庄。今日却是良田一方方,树木排成行……说不信,但又看到了昨天自己带来的铁锹还在地里。"怎么这锹把已腐烂,锹头锈得只剩锅铲儿大了。"老者看杰来还在迟疑,又说道:"天上一日,地上几百载。这就是你的家,你不要怀疑……"

金牛与金碾子之说

相传,神居山里藏有"金牛与金碾子"等宝贝。山上有一位来无影去无踪的老者想把这些宝贝送给好心人。可这些人没涵养,只想着发财,结果只是"竹篮打水一场空"。

一天早晨,老者遇到一个身穿长褂子的小男孩,背着粪筐来到山腰上拾粪。小男孩猛然抬头也看见了老者,便老声老气地叫道:"老头!你……"

老者和蔼地教育小男孩道:"小孩儿要有礼貌,叫我爷爷。你尊重我,这山里有十三头金牛、十三部金碾子,我叫开山门,给你怎么样?"

"我就不叫!"

老者不再多说,转身走到不远的地方,仰头对着山顶,嘴里念念有词:

"山门开,财主人走进来……"

三遍过后,只听"嘎吱"一声,山门打开,那个老者进去,门也随之关上了,这里还是原来的那半山腰的山坡。这一切,把小男孩惊得目瞪口呆,小男孩非常懊悔,他想:到明天,或许还有机会。

第二天,天还没亮,小男孩就直奔昨天那地方,躲在一个小山坡下,偷偷地等着。果然那个老者又来了,仍然念那几句口诀,山门又打开了。小男孩应该接受前面的教训,然而他就是不愿请教人,悄悄地跟在老者后面一起进了门,山门关了,后来人们再也没看到过他。

三年后的一天下午,神居山西面的姚家大庄上一户姓姚的门口又来了一个奇人。此人有一股仙气围身,脚下离地行走如风,像是识宝者,故人们都叫他"别宝猴子"。别宝猴子到来时,姚家夫人正在门口扫地,他见到姚夫人笑盈盈地前行两步,先打招呼后说道:"你听说过小男孩的故事吗?

这座山里有十三头金牛、十三部金碾子。你家后院有一棵鸡冠树，要得到山上的这些宝贝，可用你家的鸡冠树枝做成牛拘子去穿牛鼻子捉住金牛。每年农历正月初五、七月二十二是财神日，这些金牛一年只有两次（也就是在这两天的五更天）出现在山腰间。你带上牛拘子，捉住一头就能使你家家财万贯。你把这棵树卖给我，我能抓住两头或许三头，我只要一头，其余都是你家的。"

"你若只抓住一头呢？"

"一头不好分派，就先给你家，等半年后，我再抓。或者我教会你去把那金牛套回来，待我分怎样？"

"不行！宝树是我家的，得到金子，怎么能有你的份啊？"说完姚夫人"砰"的一声把门关上了，别宝猴子见到没戏就走了。

别宝猴子走后不多久，也就到了七月二十二，姚夫人一夜未眠，还没到五更就拿着做成的牛拘子来到了山腰间，虽然等待时间有点长，但并没失望，山门果真开了，十三头金灿灿的大金牛果真蹿了出来。姚夫人连忙上前抓到了一头，来穿牛鼻子时，牛头一甩跑了，其他牛也不见了，姚夫人心疼，回家得了一场大病。

再说那别宝猴子，后来又出现在一位朱姓农民的西瓜地里。由于天旱无雨，朱家的五亩田只结了一个西瓜。别宝猴子找到农夫，要买这瓜，并许诺要多给钱。农夫听说过前面别宝猴子在姚家大庄要买鸡冠树的事，故而怀疑这人买瓜同样有这原因，便试探地问："你买这西瓜何用？"

"天干无雨，你种的瓜哪有呀？这一个瓜是天上仙人来山上游玩时种的。是给这里人们送来开山上金库门的一把钥匙，把它摘下来，来到山腰对着山洞壁上撞一下，山门就会打开，进去可取里面的财宝。"农夫听了，哪能将这个西瓜卖给他呢？别宝猴子不管怎么说，农民就是不卖，别宝猴子只好走了。

第二天，农夫带着西瓜来到山腰间，按别宝猴子的说法去做，却不灵验，大失所望。刚打算走开，别宝猴子来了，说："昨天，我忘了告诉你开山门的咒语了……"

说着把前面老者进山门的咒语告诉了农民，就又走了。农民按别宝猴子的说法又做了一次，不过这次是念着咒语的，山门终于被打开了，他急不可待地往里跑，刚一跨进门，里面便跑出来一头牛，吓死了农夫，紧接着山门紧闭，可怜农夫横财没发到，反落得一个葬身山中的下场。

据说，这别宝猴子还有前面的老者都是同一个人——山神。山神是用山里的金牛、金碾子等财宝去唤醒人们不要自私自利，做一个有道德的人……

从此，山里有十三头金牛、十三部金碾子的事便传开了。

土地老爷下围棋　输掉了桃林

　　土地爷与孙悟空下棋，输掉了神居山上的一片桃林。
　　孙悟空大闹天宫，偷吃了王母娘娘办生日宴会的蟠桃，还不心满意足。一天，他从一朵云上落在了山上，又被满山的大桃子深深吸引住了，看着桃子口水直流，伸手就要摘。
　　"大圣！怎么来偷摘我的桃子啊？"
　　孙悟空抬头一看，喊话的原来是一位白发苍苍的土地爷，是老熟人，便嬉皮笑脸地说道：
　　"土地爷，您好！我肚子饿了，摘桃子一尝。"
　　"这是我家老祖宗留下的产业，你要吃，有钱吗？"
　　孙悟空摸摸身上口袋，一文没有，便掏出了在王母娘娘家拿走的那一根金簪说：
　　"好吧！把这个给您。"
　　"这么贵重的宝贝，我怎么敢接受？"
　　其实孙悟空想拿金簪换几个桃尝，是想试探土地爷。然而土地爷望着孙悟空手中的金簪也想要，只不过为了几个桃，就拿人家金簪不符合道理，孙悟空看出土地爷的心思就想起过去他们曾在一起下过围棋，便眼珠一转计上心来，提出用棋赌输赢，土地爷同意。两人分别用"金簪""桃林"做赌注。
　　他们都有把握胜对方。更高兴的是土地爷，因他老人家比孙悟空棋高一筹，想到自己如果得到孙悟空手中的宝贝，也就不用再操心看桃林了。其实土地爷想错了，孙悟空鬼点子多……
　　两人一拍即合。土地爷念了几句咒语，出现一张棋盘，又用手一招，把放在古悟空寺门前、碗口大的黑白颜色棋子招到了面前。两人摆好了棋，开始决战了。

土地爷虽年老，然而棋着一点不减当年，眨眼间，他的黑子便团团围困住了孙悟空的白子，接着白子地盘被占去大半。

这可急坏了孙悟空，他怎肯认输。只见他眼珠一转，就想出了一条计策，他从耳朵里掏出银针大小的金箍棒，在桌底下轻轻画了两圈，土地爷立刻感到头晕眼花。尽管这样土地爷还是坚持和孙悟空拼命下着。孙悟空又心生一计，神经分分、大惊小怪叫道："喂！你站在土地爷老人家后面干吗？"其实孙悟空没看到土地爷后面有什么人，这是虚张声势，引土地爷掉头。孙悟空趁土地爷掉头之时，变幻成另外一个人转到土地爷侧身，伸手偷藏起土地爷的拐杖，这拐杖有提神醒脑的特殊功效，土地爷离开它立刻觉得精神恍惚，支撑不住了。

"我的拐杖呢？"

"你拿土地爷老人家拐杖干吗？"孙悟空怕土地爷怀疑自己有不轨行为，还是在无中生有说别人拿走的。孙悟空虽然在睁眼说瞎话，然而话音刚落，只听得"咚"的一声，真的从他们头顶上跳下来一个人。这个人是坐在树上偷看他们下棋的放牛娃。孙悟空向放牛娃眨眨眼，放牛娃明白，对土地爷说：

"老人家，你头晕有我帮呢。"

说着帮土地爷找来了拐杖，并指手画脚叫土地爷下错棋。

孙悟空是一个狡猾的狐狸，又来了一个为虎作伥的调皮鬼，眨眼间土地爷就只剩下了几颗黑子，输了。

老人家是一个守信用的人，输了只得同意把一大片桃林让给孙悟空，孙悟空临走时还不忘带走自己的赌注金簪。

后来神居山那光滑圆润的大石头棋子一直被保存着。

神居山竟是一个世外桃源

远古时，神居山曾是一眼望不到边、白茫茫的水域，人们生活在水深火热之中。后来，秦始皇来此治理天下，他又得到上天赐给的一根神鞭。秦始皇用手中的神鞭，不知从哪座山上赶来了一个山头，腾云驾雾般降落到了江淮平原，化作了神居山。神居山的离奇来历又给这里的人们带来了很多美丽的传说。

"杀猪的"求佛去，"吃斋的"被虎吞

神居山奇异般地出现，人们有了落脚之地。很快，这里就从荒山变成了绿洲。看！那山门口挤满了人，他们都很好奇想进山。还有的更是想入非非，来山上不愿走，想要常住那里。但不知何故，有少数人则进不去，甚至葬身于此。其中有一个在家杀过猪的屠夫，名叫张智。他想去山上古悟空寺悟道成佛，也挤在人群中到了那。在他前面的叫刘假，刘假为了能够进山，悄声对门官说："我在家斋戒三天才来的。"门官没理睬他，而是狠狠地瞪了他一眼，并用"定身法"将他定在了那里，然后叫张智的名字。张智来到门口，门官手一挥，让张智直接上山。跟在张智后面进去的还有一些人，这些人大惊失色纷纷议论："刘假在那被一只老虎吃了。""'杀猪的'求佛去，'吃斋的'却被虎吞？"然而也有人知情：刘假不可能在家吃过斋，他是一个欺软怕硬、坏事做尽的人，前几天他还害了一个少女。这是菩萨有眼，他怎能逃得了死神？而张智在家只是杀过一两头猪，但后来洗手改业、弃恶求善，门官当然让他顺利通过。

过山门　游神居山

张智经过山门，带着无比激动的心情来到了半山腰。"呀！很多人说的世外桃源竟然就在这神居山上，瞧，这是另外一重天。"只见古悟空寺的上空，晨光照耀于烟雾中，浮浮沉沉，似瑶池仙境。眼前的古悟空寺屋挤屋、屋垒屋，层层叠叠、叠叠层层；庙脚下山路弯弯曲曲、曲曲弯弯。路上挑担的、推车的，男女老幼人来人往、络绎不绝。

张智陶醉在此情此景中，忽然发现前面的一群人在围观着什么，他便也好奇地赶来。挤进去一看："噢！原来是一个洞。"据说是小白龙洞，小白龙住里面，以前这里是水患不断，后来是旱灾连年。天上龙王派小白龙来山上行雨，小白龙贪玩常闯祸，龙王就来这里管教它，现在这里的人们要风得风、要雨得雨，风调雨顺，农业连年丰收，家家吃穿不愁。

"前面有'刀''锹''锄'等生产工具卖。我们去看！"围观的人说着又赶到另一个地方看热闹，张智也在其中。也许有人要说："这些铁器有什么好瞧的！""不！"这还有一段令天下人难以忘却的故事。

山上有一个很出名的王铁匠，铸造这些工具的诀窍是他用性命换来的。人类刚发现"钢铁"的那个时期，如何将钢铁铸造成器具又是一大难题！后来，是从王师傅这里打造"刀"开始的。天下的武士都来这购买武器。但铸造技术还处在初始阶段，不能适应战争的需求。当地州府长官命令王铁匠必须改进原有的铸造手段，精心炼出一把截而不断、削铁如泥的刀来。命令如山，王师傅和众徒弟几十天如一日，为铸造宝刀锤炼—改进—锤炼。难题又有了很大的突破，但始终解决不了刀口锋利的问题。他又急又累，站在锅炉旁炼着想着又一次打起盹儿。就在这闭眼的刹那间，好像有人在他耳边说："要得刀锋利，只要把钢按在刀刃上即可。"王师傅一惊醒，立马要徒儿在刀刃上添加钢的成分再炼，可是不管怎么炼，钢始终与刀口不相熔。天快亮了，明早交不了差，不但自己性命不保，还会连累徒儿们。为了这些弟子，王师傅把心一横道："徒儿们，你们好好打造，我为国去了！"他说着纵身跳入烈焰飞腾的火炉中，霎时间形成一团青烟。徒儿们惊得目瞪口呆，很长时间才缓过神来，立即跪倒一片，都哭喊着："我们也不活了！""不要胡来，我们要继承师傅的遗志，不打造出好刀不罢休！"一个岁数大一点的徒弟含着眼泪一边说着一边继续锤炼，使人意想不到的是：师傅的身体在炉膛内燃烧后，钢居然与刀刃相熔了。有人说，这是王师傅为保证弟子们按时交差，死后在热火中用自己的灵魂促使这两种原料熔合。其实并非如此，是他人体骨头中的一种元素起的作用。"钢要按在刀刃上"从那时起就成了当地人口中的俗语。因山上有"龙"之说，那千锤百炼出来的刀也就被命名为"青龙宝刀"。铸造技术过关了，生产工具也随着"刀"大批量地出来了……

"我们穆家大庄还有一种'银犁'，我带你们去看！"说这话的人叫王能。王能说着就带着人们往他们庄上赶，张智也在其中。来到庄上，首先映入眼帘的是在一个休闲广场、园亭一侧有一巨幅雕塑，雕塑是一位神人手执长鞭、赶牛耘田。"这是雕像，向那看！"王能叫大家向前看，大家顺着王能手指的方向看去，那又一幅鲜活的画面，离这不远的田野上有几个农夫正在吆牛翻地。

人们有了"刀""锹"，现在"银犁"又出现于此，农田栽割、耕翻便容易多了。

张智随游客跑了大半个神居山，已饱眼福。现在得考虑自己去古悟空寺的事了。又想到自己与寺庙师父不熟，得向旁人了解一下。于是来到王能身边，和王能打招呼，并说明来意。王能很够朋友，说道："现已是黄昏，明天我带你去。我一人在家，你去我家住。"张智没去处，也就随王能去了。到了王能家，两人坐下寒暄了一番，张智又赞不绝口道："你们大庄没一点烟尘，也没风吹草落，你家整洁又干净，让人无比舒服，这儿真是太神奇了！"

"我们庄神奇的事多着呢！曾有人问我：你们'觉来闭眼、饭来张口'的逍遥自在生活是怎么来的？我们也不清楚，这里的大多数人家，饭不用烧、吃水不用挑，锅灶前拿筷子，吃着香喷喷的饭菜，这些家务事都由一些来无影、去无踪的人帮他们做。另外他们田头忙得少，也不知是哪里来的人帮他们下地栽割、耕种等，就连吃米，也不用碾稻子。这里有几家碾坊，那时没机械，人们把稻谷挑进碾坊，铺在碾子上，用牛拉着碌子转。穷人没牛，仆人拼命推着碌子碾半天，才能把一担稻子碾完。碾米这么难，然而他们只要把稻子送进碾坊，自己不用动手，第二天早上你就能挑米回家。是谁会出这么大力？大家都疑惑不解。为弄清此事，有一天，我也把稻子挑进碾坊，自己藏在墙旮旯儿。奇怪的是我刚藏好身，人却昏昏沉沉睡着了，等我醒来，稻已成了大米，还多了起来……"

王能把这些事告诉张智，张智则认为，做事的很多一部分人是外地的，他们受寺庙佛教思想洗涤、净化，而穿着隐形衣，来到这菩萨面前悄悄做事，修身得道。这里的人们多数开着门睡觉，没有偷盗。蚊蝇咬人，人们只把它们赶飞了，而不是打死，这里是一个平安文明境地。张智又说："我们休息一下，出去看个究竟！"他们睡了一觉便已到下半夜，起来整理一下就出了门。

夜幕下的不速之客

两个人来到了门外，远处踩水车、打谷子之声不绝于耳，近处每家每户也同样有人在忙。声音最大的是前面一家，只听到一声接一声"扑笃、扑笃"的声响，这又不知是从哪个地方来的人在帮这家做事？王能在前，张智在后，来到传出声音的这家屋檐下。不惊动屋里忙碌的人，透过窗户向里看，此屋原来是一个作坊，里面有一男一女在"冲碓"。男的脚踩碓马一头，一踏一抬，使碓马另一端抬起又砸下，不断重复发出沉闷之声，连房屋都在颤抖。碓臼那头是一妇女，这女子往石臼里添米，扫春到碓臼外面的米面，注意力十分集中，如一不小心，就有可能砸伤手。一个时辰春下来，男的累得两脚站立不稳，女的累得腰直不起来。两人在这家窗户下看了一会儿，又顺着声响，到另一家去看。那家是三个人在磨豆腐，磨子由上下两扇圆石块组合而成，上面放一根丫杈鱼尾状磨担，屋梁上用两根绳子系着。两个人在磨担这边推拉，另一个人在磨子那头，一手扶着磨担头，一手往磨眼里添豆子。第三家是筛大筛，还有人家在忙劈柴火、打扫卫生等。

"天已快亮了，我们还是去古悟空寺烧香后再回去。"说话的就是前面那家"冲碓"的两个人，他们是刚做完活出来的。王能他们被这俩人一提醒，也打算不回家了，跟随这两人送张智去了悟空寺……

秦始皇赶山塞海

据说，秦始皇赶山塞海是真的。否则，北面那么大的神居山不会跑到南面去。

秦朝统一东方六国后，在商鞅变法和法家思想的指导下，把发展农业生产放在首位，"郑国渠""都江堰"都是那一时期的产物。苏北神居山一带，由于长期战乱，人民流离失所，遍地是荒山丘陵，秦始皇亲自带领文武百官，征集数万士卒、民夫来此开垦荒山治理丘陵。其中声势浩大、场面最为壮观的工程是把神居山上的土运到前面的湖泊中，让湖泊变成良田。一天，秦始皇十分高兴地走下龙辇，来到热火朝天的工地上用铁镐和人们一起掘土，蹊跷的是，他只不过操持手中的工具两三下，便突然听到有一阵像打雷的声音从北而来向南而去。与此同时，天空乌云遮日、雷声大作，暴风卷起地上的泥沙带来了铺天盖地的倾盆大雨。雷声、雨声、地壳错动声以及工地上的人们惊慌失措之声不绝于耳。人们像没头苍蝇似的到处乱撞，住在附近的人往家赶，然而家里的房子颠起倒地，没处去。站外面又站不稳，坐地又随地旋，中途停顿了一会儿，大地却又变成筛糠似的，使硬邦邦的地和成了稀泥……

这种特殊的怪天象持续了两天方才缓和下来，然而这神居山一带的地形却出现了斗转星移的变化——方圆几十公里的丘陵变成了平原，高而大的神居山跑到南面的扬州成了甘泉山、蜀冈，仪征月塘捺山、铜山、龙山、白羊山，连绵起伏、纵横交错。

人们在议论："这是秦始皇用铁镐掘土时，发生了一场大地震，导致地壳移动而出现这里南长北陷的现象。"

"不是！是秦始皇带领众人开山的举措惊动了天帝，天上玉帝赐给秦始皇一根千变万化的神鞭。当时因天旋地转，我晕了头，后清醒，看到他把手中的铁镐换成了神鞭……"

若干年后，人们还一再传说当时不是地震，是秦始皇用神鞭赶山塞海。说此山那时不叫"神居山"，名为"天山"。她高耸入天，神仙们通过这山来往于天地之间。后来孙悟空把神居山当作天梯，登上天偷吃王母的仙桃后，又大闹天宫；再有地下的妖、鬼等也不守本分去天间搅闹。

为斩断这些妖孽的去路，天老爷派了一个巨人下凡把神居山搬掉。看那人有千丈高、环眼、巨鼻广颡。《上古神话演义》有说此人吃饭进食用斗量车载，一顿食九牛二虎还是饥饿，他不是别人，就是秦始皇。这个巨人，怎么是秦始皇？原来天上的玉皇大帝特委派如来佛祖下凡去请秦始皇的魂灵，到了天庭修炼变成超出于神仙一筹的东方人。又赐秦始皇一根神鞭（此鞭和孙悟空的金箍棒一样能大能小，变幻无穷），秦始皇不敢违命，驾云来到了当时天山的半空中，手持神鞭试晃一下，晴天则突变山雨欲来，接着扔起鞭抽旋天山数下，则天塌地陷、山飞腾，那天山（再由众神仙相助）腾飞于九层天之上，最后又像陨星似的落入地球的各个角落，成了许多的山。还有山的南面的湖泊又填平了，天山原貌荡然无存，只剩燃着熊熊大火的山墩大的山。大火一直燃烧到唐朝时，由孙悟空随师父去西天取经才给灭了。

山上火没了，仍旧是神仙们的落脚点。后来人们称她"众山之母"——神居山。

三公主盗鞭

"山不在高，有仙则名；水不在深，有龙则灵。"唐代著名文学家刘禹锡在《陋室铭》中的名句，用来形容扬州之北的神居山是再恰当不过的了。

神居山海拔仅46米，却能冠以"神"字，这全赖"仙"气。又据说秦始皇用一根神鞭把福建武夷山顶端（山帽子）往海里赶，结果落到了江淮平原上成为后来的神居山。除此外其他的山都赶到了海里。龙王住在东海里，眼看秦始皇赶山，即将危及他的龙宫，心急如焚，急命人收此神鞭，又不知派谁为好。正在为难之际，他的小女儿三公主前来请命，要去完成这一任务。龙王看见女儿，一脸的愁容顿时消失，认为三女儿聪明伶俐，派她去定能成功，临行时教了她一条妙计……

这一天，秦始皇赶山顺路来到高邮湖滩，又想把前面赶来的神居山再重新赶去。此时，三公主得到消息也到了这里，她拔下头上的金钗一划，顿时变出一座亭台楼阁。又摇身一变，变成了美丽动人的少女登上楼阁，住了进去。秦始皇仰头瞧见怎不怦然心动，他一边向三公主打招呼，一边登楼，到楼上三公主掩口一笑，迎上前来，并倒上茶请秦始皇品尝。秦始皇受到三公主的热情接待，心中热乎乎的，却忽视了三公主的别有用心。三公主特别留意秦始皇带的鞭，与秦始皇寒暄了几句，就把话题转到所要了解的那鞭上面：

"听说哥整天忙于赶山塞海是吗？"

"我很困，想休息一下，有地方让我住吗？"

"白天大日的，怎么想睡觉呀！噢！有，去那边房间。"

秦始皇赶山用的是神鞭，只要有人提到此事，就害怕别人说到他的鞭，另外他心中还藏有不轨行为，故而要找歇脚的地方。

说着，公主就请秦始皇去房间，自己随后，仔细瞧着秦始皇手中提着的那长长的金灿灿的盒子，盒子上缠绕着一根鞭。因公主琢磨着要盗，故而紧跟在秦始皇身后，看清楚了此鞭是用头发丝做成的，又想到：过去有盗宝能手，曾盗到的东西是假的，他这头发丝的鞭是不是真的还得搞清楚。于是公主把秦始皇送进房里，说了一声："哥在这歇着，我有点事，外出两三个时辰就回来。"此时秦始皇想公主陪着他，因房里有迷魂药，却说不出话来，只是嘴动了两下，眼皮睁不开，上了床就呼呼大睡。

　　秦始皇的爱将是蒙恬，蒙将军在修长城的工地上，要了解鞭的真伪只得去找此人，故而公主不耽搁急匆匆开门腾云驾雾奔向长城工地。这也是三公主心细，秦始皇手上确有两根鞭，都是他的爱将蒙恬带领百万民夫在修筑长城那里所得的。一根是蒙将军的马鞭，其来历是民夫修长城，要把上百斤重的石头运上山十分艰巨。再加上地处北国，冰封千里，每天冻死、累死的人很多。天上的九天仙女十分同情，她们商量之后剪下每个人自己的长发搓成绳，抛落到工地上。第二天，那些民夫拾起来，用这绳抬石头就变得很轻巧了。这一天，大将军蒙恬巡查工地，发现发绳既轻柔又好看，就收来做成马鞭赶马。蹊跷的是有一天他来工地上时没骑马，马鞭没带，却发现长城的山陵脚下，有一根鞭很像自己的。鞭在自己卧室里，难道是有人偷到这里来的？为查个水落石出，他命令手下人去卧室查了，鞭仍然放在原来的地方。又派人牵来战马骑上，准备试试刚得来的鞭，谁知他轻轻扬鞭还没落下，那黄马已血肉横飞，还使得脚下的大地下沉好几丈深。

　　其实蒙将军还不知，这是天上玉皇大帝赐给秦始皇赶山塞海之用的神鞭，让他偶然得到了。马是秦始皇赠送的，被试鞭致死，吓得蒙将军目瞪口呆，后来秦始皇知晓，来现场不但没有责怪蒙将军，还感到好奇，拿起地上的鞭对着侧身的一座山扬了两下，山居然摇晃了。接着又使劲猛抽了两鞭，只见金光闪耀，飞沙走石，接下来秦始皇收走了蒙将军手中的神鞭用于赶山塞海，为了防止被别人盗，同时又带走了蒙将军的马鞭，如此他身边就有了两把鞭。

　　三公主弄清了鞭的来龙去脉，急忙返回来到了楼上，因迷魂药的药效未过，秦始皇还未苏醒，他身旁盒子上的鞭是假的，那真的肯定在盒里。

　　公主伸手去开盒子，然而手刚接触到盒子……

　　"公……主……"

"哥！你叫我……"

秦始皇说梦话，嘴里念叨公主，公主一边回应着，一边上前轻轻推动躺着的秦始皇。然而秦始皇昏睡似一条死狗，一动也不动。此时公主悬着的一颗扑通扑通的心这才放下，去打开盒子，用自己藏在身上的赶虾鞭换了神鞭，不辞而别……

第二天，秦始皇一觉醒来，美女亭阁不见了，周围只是一片苍茫的湖滩。秦始皇拿来鞭赶山，却从天上掉下了很多鱼虾，把他的半个身子埋在里面，不能自拔，秦始皇这才知道：自己的鞭被三公主盗走了，留下的则是一根赶虾鞭……

"千枰局变三峰老……"

高邮湖西神居山是山水俱佳的风景区，人气很旺。早年，这里是围棋爱好者下棋之地。明末清初高邮籍诗人孙宗彝在《秦邮八景诗》之《西山爽气》中写道："千枰局变三峰老……"

"枰"指棋盘。此句出自一个典故：说有一个小男孩亲眼看见两位老人在神居山上对弈几局棋，山峰却变老了。

一天早上，这个小男孩来到河西南小街闲逛，向前走着走着，觉得头晕便倚在一户倒塌的墙旮旯休息。刚眯上眼睛，突然狂风大作，随之而来的是倾盆大雨，不一会儿街被淹没了。小男孩被龙卷风卷进了一片白茫茫的大水中，在水中漂啊漂，来到了岸边，想上去却是"山重水复疑无路"，是的，眼前雾蒙蒙的找不着路，然而却被后面的层层浪花推进了一道两山夹一沟处。山沟里没有水，前面还有太阳，他高兴地站起身向前而行，来到了一座山的山腰，这不是神居山吗？是的，看山并不算高大，四周皆是丘陵平原，海拔很低，所以突兀而现的神居山犹如鹤立鸡群般矗立着。举目四顾一览无余，山上还有两位白须老者在下棋，小男孩高兴了，想走过去看他们谁的棋着高，然而又怕这二位反感。为了不影响他们，小男孩找到了一处最佳的观察点，也就是两个人旁侧的山峰，山峰顶端竖立着一块巨人石——山神像，他悄悄来到山峰上，依偎在山神像旁，看他们俩下棋。围棋是黑白两种棋子，小男孩是知道的，但让他觉得意外的是，这两位面前的一粒粒棋子方圆超出大碗口，要提起其中的一粒，平常人要用两只手还得费好大力气方可。而他们用右手的食指与中指一夹就拿起来了。他们是什么人？再看他们，你拈一粒守阵，他来破之，黑白双方经过短暂的几十手棋的布阵以后，就开始进入中盘战斗，有攻、有防，攻与防之目的一直是围绕着抢占地盘而展开的。小男孩正看得入神时，那两位也注视着小男孩：

"小家伙，山神像头发怎么是白的？你是用……"

"这是我们下棋，下得山峰变老的缘故，你问人家小男孩干吗？"

"下棋的时间太久了，我们不可再玩……"

小男孩一时间被问得摸不着头脑。后来仰头看见自己身边的"山神像"头发真是白的。难道他们来时这"山神像"的头发不是白的吗？这时，小男孩才意识到这两个人下棋使山峰变老了，他们不是平凡之人，是神仙！

只有神仙，才能用得了这偌大的围棋。

只有神仙，才能下棋使得山峰老去啊！

小男孩又想到围棋是尧发明的，尧为帝期间，闲暇时常在此与人对弈，切磋棋艺。如今尧成仙了，这下棋的两位老者中是否有大仙尧？有！脸对着南面的那位就是。小男孩看到尧，想和他聊几句，然而尧和另外一位却收起当下的棋，脚下升起了一团烟雾，被烟雾罩着的他们就像坐在玻璃轿中飘之而去。小男孩也顺着原路走了。

他回到街上，向人们说这是真实的故事，也有人说这是他梦里依稀之事。后来，孙宗彝就把这典故写进了《西山爽气》的诗中。

穆桂英出世

俗话说"风雨飘摇过后，总有贵人出世"。是的，那还是在宋朝宋真宗年间，神居山上经历了大辽金兵的一番枪林箭雨洗劫，成了一座空山，悟空寺内没有一个和尚存活下来。

不多年后，来了一个僧人，人们并不看好他。然而让人刮目相看的是，围着这和尚转来转去的一个小男孩（其实她是女孩儿，长的男孩相，又穿的是男孩装）。这孩子虽有大人腿高、骨瘦如柴，然而她英姿飒爽、气度不凡。她常帮和尚打扫卫生、倒尿壶……人们目不转睛地看豆儿大的人做事，不免怀疑这孩子是老家伙在外面强奸人家妇女生的。和尚为向人们证明清白之身，对外说："我有一个尿壶，有一次去小解，看见尿壶发出奇异之光，当时我意识到里面有灵气，故而把它供奉好，有一天响雷大作，震得尿壶直摇，接着又一个雷，打掉了尿壶盖子，从里面跳出一个孩子——就是你们看到的这个……"

和尚越这样说，人们越是怀疑。不错，此和尚是从山东穆柯寨抢劫山上大王穆羽夫人而躲藏到神居山来的。来时穆夫人还怀孕在身，生下这小孩后不到两年就被迫害而死。如今和尚难堵住人们的嘴，怎么办呢？他想把小孩放到河里淹死，又怕尸体被人发现。于是一天夜里，他给小孩吃下迷药，准备把小孩放到锅里煮了吃，想毁尸灭迹。然而待水烧开后，却不见小孩踪影，他从东跑到西一直找到山上的银杏树下，突然感到心里难受，呕吐不止，不一会儿，便一命呜呼，这也就是他的报应。而小孩就藏在银杏树的树洞里。时日过去七七四十九天，小孩就靠吃银杏果子度日。后来的一天早上，小孩遇到云游天下的黎山圣母来此，收她为徒弟，传授她飞刀之术，使得她的武艺超群。后来圣母了解到，自己收的这徒弟是山东穆柯寨穆羽的后代，当时又正逢八月中秋，桂花盛开，故而给她起名为穆桂英。

再说那穆夫人（穆桂英的母亲）被和尚抢走时，穆羽因是宋朝的一员大将不在山寨，一直驻守边疆，整天驰骋在沙场上脱不了身，怎能救穆夫人？一直到穆桂英13岁那年的一天，穆将军在追击辽寇时来到此山上，爷俩才得以相见。穆桂英跪在自己爹面前哭诉前情，她的爹穆羽也泣不成声。两人成了泪人，后来还是穆羽先止住悲声，并要带女儿回家。穆桂英哀求爹道："我是天天哭、夜夜盼，很是想去见自己的家人，然而师父传授我武艺，为的是保护这一方的安宁，她交代说山东穆柯寨是我的家，这也是！另外，爹您老人家还日日夜夜守卫着国家的领土，等您哪一天告假回府，我再进家门，您老人家看如何？"穆桂英的这一番话，让穆羽默默无语半晌才点头。走后又派人来为穆桂英在这神居山上建了一座山寨。

后来，杨家将被辽兵的"天门阵"所困，杨家小将杨宗保来神居山求降龙木，以破敌人的大阵。一男一女为借降龙木而交了手。结果穆桂英奉师命擒住杨宗保，并招之成亲。然而屯兵在神居山西侧一县城里的杨宗保的爹杨六郎，反对这门婚事，趁杨宗保回军营之际，绑于法场将要斩首，后被穆桂英赶到救了。在这当中，又因众人等待穆桂英来救人，心急而感到时间太长，好像看着天上的太阳定在那不动，故叫喊："天真长，天长啊……"后来那县便被命名为"天长县"。穆桂英到来不久，脱掉女儿装，驰骋沙场，大破天门阵，从而扬名于天下。

这里还得赘述一下，前面说穆桂英是个男孩相，那穆桂英究竟是男还是女？如今从出土的穆桂英墓来看，棺材上刻有她的名字，棺里躺着的是一具男尸。再据《保德志》所记："穆桂英不是杨宗保之妻。"这进一步说明穆桂英是一男子。为何把男子说成女儿身？人们猜测原因只有一个：杨家所有的男人皆战死，在传说中不忍心谈到杨家绝后，故把穆家少爷改成一个女子的名字（穆桂英）。杨家有一个叫杨宗英的姑娘被改成男的（杨宗保），穆桂英所处的杨家世代忠良，美名远扬。

现在的神居山村乔庄就是穆桂英居住的穆家寨，花园生产队是她原来的后花园。村外几条老沟，是她的喂马槽。另外穆桂英的上马台一直保留到中华人民共和国成立后……

沈万三魂游神居山

神居山是苏北平原上一颗璀璨的明珠。早期传说神居山蕴藏的无尽的宝藏为上天所赐。后来竟引来众多盗贼挖山寻宝,附近的居民也跟在后面发横财。大明朝沈万三便是其中的一个大户,他和众人一样也是去山上寻宝。巧的是半途中却得到盗匪留下的聚宝盆等一批赃物,日后成了财产万贯之家。另外在山上他还惊恐万状地浏览了汉武帝第四子广陵王刘胥墓窟,他既获得巨宝,又对那神居山一饱眼福。

沈万三幼年家境贫寒,可以说是过着衣不遮体、食不饱腹的苦日子。他十多岁就以乞讨为生,有一次,他流浪来到苏北一带,听村中人说:

"又有人在神居山捡到宝物了。"

"山贼丢失的'聚宝盆'至今还在山中。"

沈万三听了也想碰碰运气,于是当天就踏上了去往山上的路。当他行至神居山脚下的一片小河滩上时,突然面前出现一团云雾遮住了他的视线,他一下子就昏迷过去了。待他清醒后,揉揉眼睛定睛细看时,那云雾没了,只见一白须老者蜷缩在刚才云雾散去的地方。沈万三好生奇怪,刚才还是一团云雾,怎么瞬间变成了一名老者?他赶紧上前两步来到老者面前,俯身一看,老者衣衫不整,瑟瑟发抖,还不停地呻吟。沈万三是个心地善良之人,关切地问:"老人家,您哪儿不舒服,我送您回家?""我是神居山人,山上有盗,我是被盗所伤,那儿太危险,再也不可回去了。"老者不敢回家,沈万三很为难。此刻老者疼痛更加厉害,沈万三不忍心丢下,对老者说:"老人家,我带您去村里找一户人家养伤?"老人见眼前的小孩一心想解救自己,激动得流下眼泪,点头称"是"。然而待沈万三和老人刚要走,去的方向突然发生灭顶之灾，河岸崩塌，山洪席卷的巨浪把他俩吞没了。令人意想不到的是老者驮着沈万三从一片白茫茫的水中跃出，腾云驾雾来到了圩堤上……

他们来到了柳暗花明的又一世间……

接着又来到一座山。"哟！这不是神居山吗？"再侧耳聆听，前面不知何事人声鼎沸，嘈杂声不绝于耳。循声音向前看，在这不远处，有100多匪人穿梭于一深宅大院人家。他们满脸横肉，砸东西、抢劫财物，无恶不作。

原来这大户人家姓顾，这群狼是华荣道上的盗匪，他们是被一个"狗食盆"引到庄上来的。他们深知山上宝已被别人挖掘得所剩无几，也知在山上这么大地面上要找到早年寻宝人丢失的"聚宝盆"无疑是大海捞针，然而他们还是抱着试试看的心理又来到了山上。他们这一来惊动了睡眼蒙眬的狗儿。狗"汪汪"叫个不停，他们循狗叫声望去，不看便罢，一看吃惊不小，顾家门口一条狗的旁边，有一个喂狗的盆子是一宝物，联想到此户人家来头不小，家中有宝可寻。这一切竟也被这些人猜中了，顾家20多口人以种田为生，几年前因此宅闹鬼没人住，就在这安了家。这盆子是这家仆人从院落里找来给狗崽子喂食的，主人天天从此走过，也不知盆子是宝，更不知墙里藏有许多金银等，住宅底下还有一库房。可怜这一家老小还未明白过来，就做了这群人的刀下之鬼。

沈万三看在眼里，恨得咬牙切齿，却无法施救，只得紧紧跟随老者继续向前，到了三个大土墩的地方（三土墩处于神居山顶绿树古松丛中）俯视山下。东观纵横田野；北见高邮湖，湖水星星点点；南面河道弯弯；西呢？西是"丘陵逶迤腾细浪"。老人告诉沈万三："这是风水宝地，三墩分别是三座汉墓葬。西山墩是汉武帝第四子广陵王刘胥墓，那些盗匪经常来这转，我们今天得到这墓窟里去看看。"

说着，老人就带沈万三沿着小路来到广陵王墓通道洞口。一边走进洞，一边提醒沈万三："你离我一段距离，这通道有暗机关，非常危险。"说着第一道机关就出现在他们面前。老人手一划，大门左右分开，再细看，原来那两扇门是竖立着的两扇雪亮锋利的刀，说时迟，那时快，老人手一拍，"唰"！整个身体快似狸猫穿越而过，只见两侧刀分开一道寒光，又锋与锋相碰，合二为一。这门和现在的自动门设计差不多，不过开了门，人进去要速度快方能脱险，慢则会被分为两半。老人进入后破了机关让沈万三进去。紧接着又破了第二、第三道门的机关才终于进入墓内。

　　此墓窟规模宏大。墓坑的前部是墓道，南端向外通往地面，就是刚刚沈万三他们走的路。北端通木椁。木椁分正藏椁和外藏椁，都是用方木垒叠而成的。棺室内还藏有鸳鸯莲纹金碗、镏金杯、镶银壶、提梁银罐等各种宝物没为人所盗。正棺是三椁两棺合为五重，东西两侧椁藏各分五处，每处都有门，随葬品很多，玉器、漆器、陶器等有几千件，图案清晰古朴、色彩典雅，还依稀可见因盗墓而散落下的一些珍珠玛瑙、金银首饰等。三重棺前有便房，后有棺室。

　　然而墓窟再精妙绝伦，还是难以缓解沈万三诚惶诚恐的紧张心情。三重棺、后棺室他不敢瞧，却又舍不得放过里面的奇异怪象的东西，他还是将目光投向了里面。不看没事，这一瞄，吓得他差点昏厥过去，口中含混不清地叫道："蟒……蟒蛇……那……那人……还活着……"原来映入他眼帘的是棺室内半悬着的一口朱黑色的棺椁，棺盖上卧着一条时而蜿蜒缠绕、时而腾起跳跃的大蟒蛇，棺盖半开着，里面躺着一个似活非活的人。他转着眼珠与来人触目相对，身躯抖动着，似乎要坐起来……老人见沈万三吓成这样，立即安抚道："孩子休得害怕，那棺盖上不是蟒蛇，是一条彩绘的龙画卷，你听说过王西楼嫁女儿的画吗？这和那一样。棺椁内是一死尸。虽说是尸体，人手却似弹琴般造型；又似手操宝剑，要随时杀敌……这时盗洞口有微风吹进，使尸体上那披满金银珠宝的丝织物飘动着，官帽也随风摆动，像醒之于世的大活人……"

　　这些让人惊诧的景象怎能不让在场的沈万三毛骨悚然。为了不让沈万三再受惊吓，老人接着把他带到墓穴一侧的长梯子处，从梯子上攀爬到外面。

　　老人又告诉沈万三："还有两个墓我们没时间去了，快快下山追上前面的车队。"又边走边问沈万三，"你听说过人世间有'吃火鸡''十三副金碾子''九条金龙''量天尺''天梯'等天赐宝物吗？这些都是出自山上的宝藏，山上的宝物还有……"老人的话还没说完，就被前面传来的人喊马嘶的嘈杂声止住，待他们仔细听时，却似乎没有了。他们又加快步伐，来到了两山夹一道的捺山，一看又是一惊，原来他们要追的这些人却是在神居山上杀人抢劫的盗匪。他们得到太多财宝，在此杀人灭口，路上尸横遍野、血迹斑斑。再看山下："呀！"山涧散落了一大片金光闪闪的珠宝。更使沈万三惊喜的是：

还有一个价值连城的"聚宝盆"。盗贼的宝车在混乱中蹿下山涧一辆,人仰马翻,只有车还在,人与马则命归西天。沈万三见到竟然有这么多的财宝,兴奋之余,脚突然踩空,滑落山下……

原来,刚刚是沈万三做的一个梦。现在沈万三从睡梦中惊醒,睁眼一看自己却躺在一条大河堤上。"他疑惑不解,那河岸倾倒,水漫沙滩,谁救我于此?""梦中老者曾领着我去仙境,所看到的世外桃源那个天、那个地,以及那超越人世间的景象是真的吗?""神居山大户藏宝、汉墓葬宝、这山上盗贼抢宝杀人同样是真的吗?""还有捺山山涧那一车宝物又是真的吗?""那全是真的!你快快动身把那盗贼落下之宝取回!"老者的声音从远处悠然传来。沈万三抬头察看,已经不见人影,这才明白说话的那老者是神居山的山神。沈万三向天磕了三个响头,直奔捺山取宝而去……

吴三桂初出茅庐　除妖显神威

吴三桂（1612—1678），字长伯，明朝人。过去一些站在清政府角度的文人认为：他是反朝廷的叛徒，造谣说吴三桂脊梁后长有反骨。然而现代史学家却认为他反朝廷是不得已而为之。这且不言，就以他十多岁为当地人们做出的一件惊天动地之事——沙湖龙潭除水怪，说明他初出茅庐就是一个善良、正直、气度不凡的小英雄。

吴三桂出生在苏北湖西西南角的一个叫吴家洮的地方。他落在这穷乡僻壤之处，是和他爹吴襄有直接关系的，当时任辽东总兵的吴襄，爱上了明朝名将祖大寿的妹子，抛弃了自己怀孕的妻子曾氏，曾氏含泪回了吴家洮的娘家，几个月后生下来的小孩就是吴三桂。吴三桂一降生，曾氏就撒手人寰了，可怜的小孩就靠外祖母养活，到了吴三桂长成大孩子时，就为外祖母家担起了养鸭子的活。

头一两年，他赶着一群鸭子出入在沙湖中，感觉那片天还比较平静。接下来不知怎的，湖上每天出现好几次无风掀惊浪、浪涌声声刺击耳膜的奇特现象。不少的渔民一家老小连人带船被卷入湖底。又因每天清晨，天上飘浮带毒的雾气，岸上贫民同样如得瘟疫一样大批地死去，处在生死边缘，水陆两地的民众是天天哭声不断，惨不忍睹。

什么东西在作怪？人们在议论：

"我在一天黎明时，看见一条龙躺在神居山上的一棵大树下，伸着脖子向天空吐着弥天毒雾。"

"不对！那不是龙，是一条头大如斗的'黄鳝精'，它藏身于沙湖一个叫龙潭的地方，这精常在那作怪，它来山上的情况并不多见。"

"你们知道否？沙湖里还有一个不为人知的家伙。我是渔民，有一次，我在湖中行船，发现自己的船头碰上了前面的一块大青石，停船细看却不是石，是一黑鱼头。这鱼被船撞了居然都不动，我觉得好奇，便扔进黑鱼嘴里一根滚烫的小铁棒，此鱼仍然不动，我吃惊不小，顿时明白这不是普通的鱼，是一条可怕的'黑鱼精'，原来这里作怪害人的还有这个怪物……"

吴三桂人小志向大，面对受害的人们坐立不安，一心想着除去这两个祸患，故而也在这人群中倾听众人之言，了解其中信息，同时为摸准两怪的生活习性，他赶着鸭子在沙湖中转圈儿。其中特别注视着龙潭之处那"黄鳝精"作怪前的反常现象，在那雾气氤氲、看不清的情况下，吴三桂想把船划得靠近一点，然而心里又有点胆怯，那家伙张开大口吸水喷雾，形成巨大的急速旋涡，怕的是船靠近了被旋涡旋沉没。故而停在那思前想后，如何置它于死地，又由于精神过于集中，忽视了身旁的一群鸭子，其中还有三只鸭被旋进了这家伙的口中。然而这失去的鸭子则让他心中一亮："我何不用鸭子来做'诱饵'先除去它……"

第二天，他趁湖面处于风平浪静之际，带着十多位勇猛的小伙子坐船向龙潭开进。然而还离龙潭几百丈之遥，这些人看到那上空的景象，便吓得腿肚子抽筋，一直嚷着叫吴三桂让他们回头。在吴三桂的允许下，他们乘着另一条小船走了。这时大船只有吴三桂一人独当一面。他虽然心里也打战，然而想到要为这里的百姓除害，也只好鼓足勇气而为之。他准备好钓"黄鳝精"的"诱饵"，这"诱饵"可不是用钓鱼钩做的，那不管用，而是事先把渔船上重十多市斤的铁锚周围的钩子打磨尖了，现在拿出来捆绑上两只鸭子，悬吊于船头。准备好后，一边口中念着过去跟师傅学过的咒语，一边开着船驶进了那湖水飞速旋转的旋涡。越向前那飞溅的水花越让人眼睛睁不开，即使睁着眼也看不清前面有什么东西。然而不知是吴三桂口中念的咒语起了作用，还是"黄鳝精"看到船头上有人送鸭子来喂它而停止了喷水，此时吴三桂瞧见那东西张着大嘴停在那不动，便以迅雷不及掩耳之势把绑有鸭子的铁锚抛进了那畜生口中。此时，吴三桂所在的那船一下子像滑降似的进了山沟，又一下像跳上了山顶。这是"黄鳝精"猛吞"诱饵"，想吐出吐不了。这一吞、一吐使得湖水大幅度波动，从而船也上下颠簸不停。接着那畜生疼得激烈翻腾，把船推向千丈之外。吴三桂站在激烈震荡的船上看到"黄鳝精"还在垂死挣扎，又去用钢叉刺了数下……

"黄鳝精"一命呜呼，吴三桂看了看天上的太阳，知道另一个怪物——"黑鱼精"还未苏醒，便立刻向南赶了三里多路程，趁热打铁又顺利地解决了庞大的"黑鱼精"。

吴三桂外祖母家是家徒四壁穷得叮当响，他在外放鸭靠的是生吞一些野物。如今的他连杀两怪，腹中饥饿难忍，故而分别把这两怪物分割成头、肚、尾三部分，只留三分之一的尾部，剩余的给生吃了。他来到大船上准备开船，然而拿桨划船，桨断；取船篙，篙折。他万万没想到吃了怪物，会增添这么大气力，高兴之余抖擞了一下，全身骨节嘎嘎作响，脚稍一用力，船便分为两半，又一提身，似急速飞燕越过水面上了岸。

"吴三桂是老天爷派遣下凡来我们这里降妖的。"

"吴三桂本领大如天，他竟能钻进水中吃了两个怪物。水中还漂浮着鲜红的血迹呢！"

…………

吴三桂湖中身处险境解决了怪物，人们在岸上传开了，另外还有一个威风凛凛的朝廷命官带着几个士兵也在人群中。此人不是别人，正是吴三桂的爹——吴襄。这附近是吴家军庞大的操练兵马基地，吴襄是刚从辽东回到老家带兵的，在了解除妖之人吴三桂就是他那不在人世之妻所生的儿子后，吴襄感到惭愧，觉得对不起母子俩，特地前来一是为父子相认，二是为儿子扫除祸害庆功。从此，吴三桂进入他爹的军营并用上了除妖中老天赐给他的一身智慧和勇敢。

历史虽然远去，而吴三桂的事迹却永远铭记于人们心中。

高邮湖中的坛子精

早期，苏北湖西（高邮湖旁侧）有一个南小街，街虽小，但却是一个繁华的街市。又因有一个神秘的人出现在这里，故而每天清晨，街市中心聚集的人特别多，不少人天还没完全亮就从家里赶到集市上，迟来的人挤不进人群只好站在后面，个头矮小的则伸长脖子、踮着脚，他们一个个把目光倾注在广场中那个神秘的人身上，说他能上天与天老爷打交道，知天何时雨、几时风。此人也曾经预测说：

"某年四月七日有一场八级大风。"当日的确有暴风自西北袭来，刮得昏天黑地。

"某年十二月八日后有降雪。"果然到了九日，一场大雪如期而至……

也许有人说，此人只不过知晓一点天气知识罢了，不算什么神秘。不！对于古代的人来说，只能晓得当日天气的好坏，至于明天及以后的天有什么变化，根本一无所知，万一遇到哪一日天有不测风云，都来不及躲灾。

看上去这神秘人年龄并不算太大，他身着长衫，站在一张长凳子上向周围的人滔滔不绝地说着：

"乌云接日，隔日有大雨。"

"迎云对风行，风雨转时辰。"

"断虹晚见，天有特变……断虹天上挂，有风也不怕……"

在场的人都在认真地听着，散场后人们又在谈论：

"你知晓那神秘人究竟是何人吗？"

"此人来无影、去无踪，我哪晓得呢？"

"告诉你，他是'高邮湖中坛子精'，起初他只不过是一只小鳖，这'小鳖'怎么又成了坛子精呢？那时承州府还没沉，是府街上一个小学生在放学的路上捡到的，这小学生对小动物很好奇，回家就放在坛子里养，三年后，小鳖长成了大鳖，身体超过了坛子口。后来，承州府街市遇地震沉于深水中，鳖无法爬出坛口，就在坛子里生存，一到天要刮风或要下雨前，气候闷热，鳖难受头就伸出坛子口呼吸，当缩进坛子沉入湖底时，就会发出'鸣……吐噜……吐噜……'的声音，尤其是春夏季节下雨前这怪声就会出现，当地人就是根据这声音判断天气情况。若干年后的今天，他成了精上了岸，每天清晨出现在街上……"

"你所说的我信，神秘人的身份也曾在我面前出现过。那一天太阳刚露脸，人们从四面八方赶去街上听此人报天气，可他催促大家快回家，说一个时辰后有雷雹天气，后来真的电闪雷鸣、风雨夹着冰雹下了起来。街上人安全回家了，他也从雨中来到湖岸渡口，想往湖里跳，吓得我出了一身冷汗，好好的一个人怎么想寻死？我打算疾步上前劝阻，后又发现神秘人镇定自若、处之泰然，看不出他有一丝所想不通之处。同时又让我感到神奇的是：他的周围有一团雾气，还有他没带雨具，身上衣服却没被雨淋湿。从这些细节上看，我疑惑他是湖中一怪，跳水里是去湖里的家，看到我（摆渡人）来回奔波于船上，怕露破绽而又缩回。神秘人是湖中何怪？当时，我很想弄个明白，便用试探的口气，说要送他到湖对岸。他不想坐船，为不尴尬，也只得顺水推舟来船舱里了。船开到了高邮湖心，我向神秘人要200文，他哪有钱呢？此时的他只得现出本来面目——跳进水里。一会儿又露出水面，告诉我他的身世，并抓了一把泥放在船边上又不见了，再看那泥原来是一团金子。"

自此高邮湖中坛子精再也没出现过。

杜周除怪蟒

江淮平原上曾流传着一个动人的山与水的故事——杜周刀劈蟒蛇救下乌龙马。

这里有一条古运河,这河依偎在神居山的一侧,两地相距 2 华里。杜周家就坐落在古运河边上,此人忠厚老实,庄上人一提到他都赞不绝口。

这小伙家里很穷,靠去山上砍柴卖钱维持生活。这一天天刚亮,他又带着柴刀、扁担去山上砍柴,当他来到半山腰时,忽然隐约听见附近有急促的"呼哧……呼哧"之声,细听像马在快速喘气。他循着声音向前看,发现前面不远处有一条大蟒蛇盘着一匹乌龙马,吓得杜周不敢前进。一时间,他想起近年来,有不少牲畜还有两个小孩在此消失。现在方晓,这些生命原来就是被它所害,想到此杜周便壮起胆子鼓足勇气,来到出事地点举起砍柴刀,对准大蟒准备砍,还未下手,就见那畜生扔下盘着的马,昂头吐舌猛地向杜周追来,杜周手疾眼快,一个箭步向身旁的一棵大树爬去,还没到树腰,谁知那畜生抬起后面长长的尾巴,伸向杜周,居然把他从树上卷着缠落在地。此时的杜周已被大蟒缠了好多圈,虽全身有点麻木,然而他十分清醒。故就地十八滚,又因地上有不少的小石头,滚得蟒蛇皮开肉绽,不得不松开杜周。杜周纵身跃起,又顺手捡起砍柴刀,对准下面的大蟒砍去,蟒蛇身首分离,乌龙马得救了。

乌龙马对杜周感激不尽,示意杜周骑上它,杜周上了马绕山转了半圈,进了一个神秘洞穴。洞穴里挂着一张精制的弯弓,旁边还有闪闪发光的盔甲。杜周明白这是马的主人留下的遗物,乌龙马用头拱杜周去拿,杜周对这些东西爱不释手,故而不客气也就带了回去。

这事很快让当地一个土财主知道了,硬说那马是他丢失的,派几个人去抢。没承想,乌龙马在被抢走的路上,狂性大发,把几个狗腿子的腿全部踢折了,一路又跑回杜周家。

杜周怕财主再来抢,就把马放去山里,让其去找别的主人。可那马却不离开,不管怎样驱赶,还是围着杜周转,像杜周自己家人一样亲昵。杜周没办法,只好继续把马养在身边。有时闲了就骑在马上学射箭,学练大刀,不多久,几十斤的大刀舞起来水洒不进去,停下时脸不变色、气不喘。

财主见杜周有了武艺,更恨之入骨,花重金请来一个道人,想办法先除掉杜周的乌龙马。道人眼珠一转便生了一条毒计,于当天夜里,在杜周家门口不远的道上,挖了一个很深的陷阱,里面插了数十把尖刀。

第二天早上,乌龙马出来遛弯,掉进了陷阱里,数十把尖刀把马的全身戳得鲜血直流。道人、财主见马中计,从两边的树林里冲出来砍杀。马猛地一下跳出了陷阱,迎着财主、道人等的刀剑横冲直撞,把这些家伙全部踩死了。然而等到杜周赶来的时候,马已经死了,而它的尸体一直屹立着等杜周到来后才倒下。

打猎途中遇仙女树神
——银杏显灵（一）

神居山最引人注目的是什么？是那最大的银杏树！她有一千多年的历史。"峭壁贯东南，石棋匝地，银杏参天，望盂城双塔悬空古寺，好修佛果……"这是清朝一代名儒阮元为赞美神山、神树撰写的联。那时此树围粗可十余人抱，根深数丈，枝叶茂密，所结无心果，其味尤佳。有人说，这树是天上下凡的一位仙女。

说她是天上仙女，还有人巧遇过。这个人姓谈，是菱塘人。

他说："三十年前的一天黄昏，我在山上打猎回家。迎面来了一位双颊晕红、身穿大红裤、腰系碧绿裙的姑娘，经我身旁，顺着曲折的小道攀山飘飘而上。天上的晚霞映着她的背影，不！是山沟里的水倒映着她的一身红装，随着微风而荡起层层涟漪。我窥视她，然后不禁为她担心起来，空山无其他人，只听得鸟啼声，女子一行怎安全？我一边想，一边暗中带着猎枪跟随其后。经三弯八绕，来到银杏树下，眨眼之间那女子就不见踪影了。真奇怪！难道她藏于树的另一侧？转过去却见树下芳草如茵、荆棘丛生。再仰望树上，则见大树的枝叶茂盛，上空云雾盘绕、猴叫声声、风呼啸，吓得我一身冷汗，转头就往家跑。到了家躺在床上，一闭眼那女子仿佛又显现在眼前，她窈窕的身材好比雨中梨花，又似临风的荷花，特别是秀丽垂下的乌发，似瀑布披于肩上。'你是谁？''我是山上的仙女银杏树树神。'噢！原来我是与'仙女树神'相遇啦。"

就这样他昏昏沉沉睡了三天才苏醒。

后来这个消息传遍整个天下，从那时起，来这烧香拜"树神"的人们更多了。

月光下的白面书生

——银杏显灵（二）

很早以前，扬州有个姓杨的大户。他家主人在省里做高官，如今年老在家，人们还习惯称他"杨大人"。杨大人家财万贯，没有儿子，只有三个女儿，尤其是最小的女儿——三小姐，她年方一十八岁，身材苗条，一张瓜子脸千娇百媚，像是一朵含苞欲放的牡丹花。多少英俊男儿踏破她家的门槛，都想娶她为妻，因三小姐有一颗善良的心，杨大人想留在家招个养老女婿，故而来人都被他婉言谢绝了。

有一天夜深人静时，三小姐躺在床上翻来覆去一直未眠，忽然听到有人小声在叫她："三小姐，我来了。"话音刚落，"吱嘎"一声房门开了，进来一位少年。

"你是谁？"

"前天，我们不是在神居山腰间见过面吗？当时我告诉你，我姓柏，是读书人，人们称我'白面书生'，就住在神居山顶上，并说我有机会去你家……"

三小姐脑子转得很快，想起是有这回事，不过估计那时书生说的是客气话，哪知现在书生真的来了。当时见他身穿一件白色的长大褂，头戴一顶黑色礼帽，脸上皮肤白白的，今天透过窗前十五的月色好似天上下凡的神仙。三小姐乱了方寸，心在跳个不停，呆呆地看着。书生走上前，又说了好多动听的话，还说久慕三小姐的芳名，今天来是兑现前面的诺言。其实三小姐上次见面就被这书生打动了，这一次怎好不认可……

鸡叫之时，书生才离开，他还嘱咐三小姐不要将此事告诉她的家人，三小姐点点头答应了。

后来，书生天天夜里来相会于三小姐，使得三小姐精神不振，茶不饮，饭不思，不多日就变得面黄肌瘦。她的母亲发现了问题，就问她怎么回事，三小姐只是掉泪。后来老人动怒了，她才说真话，母亲大惊，告诉了她爹，杨大人听了拍桌而起，揪来女儿要处死，母亲跪下求情，两个姐姐知道了也来求她们的爹饶恕三妹……在一家人的哀求下，杨大人的火气稍稍平息了一点。一边骂三小姐不守本分，一边误认为白面书生是一个妖精，悄悄去外面请来当地捉妖人。捉妖人见了三小姐，问明情况后，就有了捉妖的计策，并教三小姐如何去做。

夜晚，书生又来了，三小姐等他脱下白长褂，把穿有红丝线的一根绣花针别在上面。

第二天一大早，杨大人知道昨晚三小姐按先生的计策做了，抱着定能捉住妖孽的信心，带着家丁直奔神居山而来。察看整座山，没有，又来到山脚下围绕山向上看，还是没有一点蛛丝马迹。正在杨大人急得团团转之时，有个家丁气喘吁吁地跑来说："发现山顶上那棵大银杏树的树皮上戳着一根带着红丝线的针。"杨大人先是不信，后来来到山顶银杏树下，一看果真是。此时杨大人愁怒俱消，又转为满心欢喜，笑着对大银杏连连磕头作揖招呼道："平民有眼不识泰山，错把'仙'当'妖'，罪过罪过。日后我女儿就交给你了，盼你们夫唱妇随，海枯石烂不变心。"说完杨大人带着众人往家赶。半途中，从杨大人家的方向飞来（一白、一花）两只蝴蝶，在众人的头顶上盘旋了两圈，便向神居山飞去。

杨大人知道，这是白面书生领着三女儿去山上比翼双飞，成仙得道，他老人家又双手合十对着神居山作了个揖……

仙人碓

从前,神居山丘陵上,树林、竹林苍苍茫茫、郁郁葱葱,环境十分幽雅,然而由于战争的因素,却导致多少年来没有一户人家在那里落脚。

一天,离这七里之外的张家庄上有一个姓张的小伙子,去神居山游逛山陵,遇雨找地方躲,发现山腰间有一间草房子,进去一看,原来是一座碓坊。"这方圆好几里的地方没有人家,哪来的碓?"张姓小伙感到很蹊跷,雨一停,也没心思在这闲游,拔腿回了家,就向庄上人添油加醋地说开了:"今天我去山里游玩,晴天突然乌云翻滚,雷声大作,暴雨倾盆而下。在一道道闪电、一个个震耳欲聋的响雷声中,听得山腰间传来'轰隆'一声惊天动地的巨响,当时,我不知大炸雷炸落了什么东西,冒雨去那,蹊跷的是到山上看到凭空多了一间屋,屋里有碓臼、碓耳子。我估计是老天爷给咱们神居山人们送来的仙人碓。"

他这一说,这里很多人都知道了。第二天,有一位老大爷感到很好奇,便把家里的一斗稻谷拿去舂,舂完一看,比去别的碓房舂的米要多。接下来也有几户排在老大爷后面舂米,其中有一个人很忙,把稻子放屋里去做别的事。过一会来了,却发现稻子已被人舂好了。"哇!"原来这真是仙人碓!这个好消息像长了翅膀一样,越传越远。很多人翻山越岭赶来看个究竟,从此这个地方就热闹起来了,还有一些人把家都搬来了。

"你说山上有一座仙人碓,仙人在哪?"

"前面不是有人忙,没有空舂稻子,后来拿现成的米回家?你说是谁帮的忙?还有一天晚上你们庄上的一个姓李的拿来的稻谷,第二天不也就舂好了吗?"

"那明天我弄一袋稻谷来试试？"

"不成，刚才，张姓小伙还悔恨修理工慢待了仙家，使其离开了这里。是这样的，昨天，他找来几个人来修碓和房子，到午饭时，来了一个乞丐要吃的，被修理工骂走了，其实乞丐就是碓房的仙家，修理工怎么知道呢？再说仙家在这，如有人忙，他会主动帮你舂碓。"

"仙家走了，人们还可以用上仙人碓，然而更糟糕的事又来了，时隔一年，一位正在坐月子的女子，也来仙人碓舂米，没满月是一个红人，哪儿也不能去，可她就是不听人劝，来这舂了一斗稻，触怒了天庭，那女子前脚离开，后就听得天空响了一声惊雷，刮起一阵龙卷风，再去看那仙人碓却不见其影，后来有人说，碓房被刮到山那边的湖里去了。"

…………

从此人们再也没有来仙人碓舂米了。不过，仙人碓却永远在人们心中铭记着。

仙人井

神居山山腰处有一口井,这口井历经多少年人世间的风风雨雨,记录着有史以来人类多少个社会变迁的创伤。尤其让它最难以忘却的是两个人的陪伴——谢安和亘公来此处炼丹。

一个是东晋宰相谢安,由于受权贵司马道子排挤,很不得志。他想修道炼丹,便离开了扬州,来到40公里以外的神居山,在山腰间种有100多种闻名天下的药草。

他知道,很多年前,有几位道家曾在此井下炼过丹。在此井炼丹的次数越多,神力就越大。炼过一次的仙丹,吃了不到三年就成仙;炼过九至十次,吃了三天就成仙。是的,有好几位就是在这炼丹成仙的。他也依照道家的方法同样用这井里的水去炼丹,然而在炼丹过程中,因他处在一个仕途渺于鸟道,人情浮比鱼蚕时期,故而忧郁,连一次仙丹也没有炼成,回家后得重病,不久身先去了。

到了南齐,有一位亘公又来此建庙,炼丹种药。他炼丹的次数达到了道家炼的次数,灵丹吃下去,三天南齐亘公果真成了仙。

后来人们为了纪念这两个人炼丹的故事,故把这口井叫仙人井。

现在,他们炼丹的石臼以及消遣的棋盘依然在那里,石井周围较宽大平整的地面上,有他们种的好几棵罗汉松,还有玉兰、紫白丁香等多种药草。空旷的地面上,留下了不少南来北往过客的脚印……

神牛下凡

过去,庞大的神牛石像坐落在神居山西北的山腰间,离白龙窝只有几步之遥。神牛像的头昂于南,尾翘向北,看上去好似四脚向前奔跑的活牛一样。此神牛石像是人们为纪念天上的神牛下凡而雕刻的。

远古时期,这里的农业生产主要靠刀耕火种来完成。后来,虽然创造出一种较好的生产工具铁犁,但得仆人去拉,几十个人拖着一张犁,一天从早干到晚,忙得汗流浃背只能犁几分田。有一天,天上的太白金星来到人间,看到这神居山一带的先民们种地太艰难,于是回去禀告天庭玉帝。玉帝想:要解民间耕种劳苦最忠实可靠的是他们天上的神牛,让神牛下凡去。玉帝主意敲定刚要命人传旨时,太白金星怕神牛有怨言,向前几步来到玉帝面前,小声请求玉帝如此这般去下旨……玉帝点点头,采纳了太白金星的建议,召来了神牛,对其说:"如今人间寸草不生,大地荒芜,你多带些草种到人间播撒,要求走三步撒一把。"

神牛领旨出了南天门,去了人间播撒草种。谁知过了不多天,地上的野草丛生。玉帝怒气冲天,命人把神牛逮捕到宫殿责问。

"你这畜生是怎么办的事?"

"我……我是按玉帝您的旨意去做的,只是中途大意走两步撒一把半草种。"

"来人,拖下去……"

"且慢!我太白金星恳请玉帝看在老臣的面子上,手下留情,饶恕它不死,罚它下去耕地。"

…………

玉帝松了一口气，挥手让太白金星带走神牛。神牛虽然感到冤屈，但又不敢顶嘴，只好跟着太白金星走，到了南天门又不想去人间，说："那没有好吃的，我不去！"

"现在和过去不同了，下面的大地肥沃，有甜草吃，还有甜水喝。不信，你往下看。"太白金星为了天下百姓哄骗神牛，神牛怕去却也低头向下看，此时，太白金星虽不忍心，但又没有办法，趁它不防备将其推了下去，并撤走了上天的云梯。

"哞！"

太白金星推下神牛，听到它那声嘶力竭的叫声。向下再看时，大吃一惊，可怜的神牛头顶毛摔掉了一大块，嘴里的上牙也全没了，神牛成了哑巴畜生（后来人们也不知它是天上的神牛，只是叫它老牛）。它虽说不出话，然而从它的叫声中可体会到。

老牛："你骗了我，这里虽然有草、有水，却不甜呀？"

太白金星："你听错了，我说的是吃田里草、喝田里水呀！"

老牛："你怎么撤了上天的云梯？"

太白金星："我是替你着想，害怕你有朝一日上天，玉帝把你一刀两断……"

老牛低下了头流着眼泪，太白金星眼泪也哗哗地往下流。

从此老牛真的认为自己是犯错被天庭玉帝赶下来赎罪的，于是开始在人间繁衍后代，祖祖辈辈任劳任怨为先民们所用。老牛最听主人使唤，叫它犁田则顺从，拉车也不会违抗；把它绑在树下或关在一间屋里亦不会急躁发脾气。如今，"愿做人民的老黄牛"还成了中华民族的一句俗语。说真的，它的出现极大地减轻了那时神居山当地先民们的劳动强度。

后来，有些民族还把老牛来神居山的那天（农历四月初八）作为传统节日。规定这一天，不让老牛犁地，不打牛、斗牛。另外还用红纸剪成神符贴在牛栏上，驱邪送瘟神，保佑它的健康。有一首民谣为：

四月八，丢犁耙。

七月半，谷满仓。

收回万担粮，全靠牛帮忙。

第二篇

趣闻传说篇

"天生一个仙人洞,无限风光在闪光。"神居山东南山腰还真有一个仙人洞,更让人记忆犹新的是天上仙人们来此做客时,经过了山下的一些村落,还留下了流传甚广的"地名趣闻"。

不是吗?

天上玉帝之闺秀仙姑骑龙下凡经山下一个地方,来山上寻找她前世的爹,后来那地方被命名为"骑龙庵"。

天上一位老仙翁,在一天深夜,降临到骑龙庵附近的一户姓杨的家里,揭示这家睡梦中的主人修德、行善,为当地建起了"磨子桥"。

天上老龙王下凡,来到(神街)承州府巧遇算命先生袁守诚,居然用自己的人头做赌注,后来他老人家输了性命。为此人们还常来到神居山顶眺望那白茫茫的高邮湖,怀思那曾经沉没的承州府。

另外人们脑海中至今还浮现"东墩坎,鬼造反"谜团之说……

仙姑骑龙下凡尘

——骑龙庵的传说

骑龙庵地处高邮湖边，与神居山唇齿相依。相传骑龙庵是"天上玉皇大帝之闺秀仙姑骑龙下凡尘"降落之地。

年方十三四岁的仙姑是玉皇大帝、王母娘娘的心肝宝贝。她也爱躺在自己爹娘怀抱里撒娇。然而西海龙王家的三太子小白龙的出现，却打破了她那受宠的皇家生活。她要与玉皇大帝、王母娘娘决裂，下凡重认爹娘。

起初是因他们父辈的关系，仙姑才认识了小白龙，并在交往中还结拜为兄妹。仙姑长得眉如新月、眼如秋水，小白龙每次见她都如醉如痴看个半晌。"哥！你在那看什么啊？""小妹，站那别动，让哥好好看看你！"仙姑见小白龙愣在那看自己，扑哧一笑，笑得似一朵出水的荷花。"妹！你真美！"接着又道，"可你的爹（玉皇大帝）太丑，你和他不像是父女俩。"这冒天下之大不韪的话，说得仙姑思绪万千。当天夜间仙姑得了一个梦："玉皇大帝不是你爹！你爹姓'刘'，名'一犁'，在凡间神居山上。"本来两个孩儿是一块玩耍的，但由于小白龙瞎说而使仙姑得梦，这一梦却成了仙姑心中过不去的坎儿，便一大早在泪眼蒙眬中又去找小白龙，要小白龙带自己下凡找那梦中的"爹"。小白龙听后感到好笑，然而又很高兴，因为他自己也要去神居山探母，正好有她陪着做伴儿，当时没多想也就随着她化为两道幻影上了大路。

途中仙姑每向前跨一步，小白龙小心用气息护卫着她也弓身前行一次。在晨光下龙伴人行，一闪一闪好似"龙飞凤舞"。不过行不到数步，仙姑便跃在小白龙身上驰骋于空中。这又让人笑话，笑的是他们不是恋人，却像恋人在逃婚。"汪！汪汪！"这是二郎神家的哮天犬，你看连犬儿也都在笑……哮天犬一阵狂叫后，张牙舞爪地向小白龙后身抓去。小白龙可是打遍天下无敌手，凭自己的能力又何惧这家伙呢？然而怕违天命闯天祸，故而向后退，退到一块菜园地，长爪一伸，拔起菜地里一根特大的木桩如同闪电打向来犯者的头部。哮天犬情急之中将头一缩，屈背弓腰，缩顶藏头，蹿起一丈多高，迎着木桩咆哮而上，一口咬断小白龙打来的桩儿，又重重咬了小白龙尾巴一口，小白龙"哎呀"一声，什么天条等都忘得一干二净，用尾巴横扫千斤之势将没有人性的家伙扫压成肉饼。

"哥！快走！不然我们就走不了了。"小白龙与哮天犬交锋，仙姑吓得魂不附体，紧趴在小白龙身上动弹不得……哮天犬死后，仙姑催促小白龙快离开这是非之地。小白龙也知晓自己又闯祸了，哪有时间喘气，带着仙姑出南天门，穿越在云端间。"哥，这里怎么乌云滚滚、雷声隆隆啊？""死丫头！这是我用尾巴扫射那狗崽子带来的乌云变幻，难道还要我告诉你？"仙姑被骂得嘟着樱桃小嘴不说话了，但眼睛还透过云层向地下窥视着，下面的多数农田、村庄全被淹了，成了白茫茫的一片水域。大水上面漂满了杂物，有很多家禽尸体，当中还有几具人尸。地势较高的一些地方虽没被淹，那里却没有人，成了旷野之地。又向前行了一段路程，仙姑知晓已越过了受灾严重的地方，见到了田野，这才替小白龙松了一口气。又向下看，见到了一片树林地带。林子里鸟儿争鸣、野兽咆哮，还见到一头狮子正追着一只高大的雄羚羊……再向前看去，世间美景尽收眼底，前面一片绿草丛中坐落着一座小山，山旁静静地淌着一条河，小河的水映衬着山上的美景，桃花、梨花，美丽多姿。山上山下人来人往，有算命打卦的，有商人兜售物品的，有卖吃的和玩游戏杂耍的，叫买叫卖的人络绎不绝。那山就是仙姑要去的神居山，那河就是从高邮湖引出的一条人类的古运河。

"不要去山上，快向下降落！"仙姑正陶醉于这人间美景之时，突然感到自己骑的小白龙身子在打战。原因是哮天犬咬的剧毒已遍布它的全身，故而很害怕不停地叫喊。小白龙有气无力无法前行，想慢慢向下降落。由于全身已麻木难以控制。"嘭！轰隆隆"一声响，那巨大的身躯栽落在地。仙姑也"哇"的一声被甩出好几丈远……

"打死它！狠狠地打！不能让它跑了！""哥！它来这咬我了！我好怕……怕！""孩子！不怕，这有我。""爹！我要见爹！"仙姑从小白龙身上摔下来昏厥过去，被一位老者赶来救起。来到神居山上一小间屋子里，把她轻轻地放到了床上。这时仙姑在一惊一惊地说着胡话，还称站在自己床边的老者"爹"。一会儿清醒了，才知晓是这老者救了自己，便动了动虚弱的身子想起来叩谢老人家，去探望小白龙。老者告诉仙姑："我是在你爹玉皇大帝殿下称臣的天上八仙张果老，是奉旨来寻你回宫的。"又说，"你哥没事，掉下来和你一样也被人救了。你听那大风的声音，他已上天了。"（这是张果老在安慰仙姑。其实小白龙栽下来的时候，已奄奄一息了。附近的先民们还在纷纷前来抢救他呢！）仙姑听到哥已上天，也就不担心了，便又要张果老带她在山上找梦中的那个"爹"。

张果老知道，她要找的是她前世的爹。仙姑之所以成为玉皇大帝的女儿，还是他老人家一手操办的。当时王母娘娘怀胎十月快要生了，玉帝笑嘻嘻地召见张果老，指派他下凡间为娘娘选求一朵美丽的小花儿。张果老明白玉帝的意思，化身一僧人下凡来到山上一户叫刘一犁的家门前叩门。门开后，出来邀请他的是一老仆人。仆人说："我家主人刘一犁进京赶考未归，家中刘夫人有请大师。"说完把张果老引进客厅敬茶。少顷，张果老见刘夫人出房门相迎，双手合十，说了两句客套话，便拱手说起她家主人名字的来历："你丈夫原名不叫刘一犁，他在家平时行善修道，其中有一个外乡人和他素不相识，你丈夫把他当兄弟，给了很多恩惠。后来那人死了，你丈夫还为他修坟立墓，耕地时给墓远远地多留一犁。从此你丈夫得名为刘一犁，是否？"这几句话使刘夫人感到此僧人未卜先知、来头不小，不住地点头称"是"。张果老又道："今天你府上双喜临门，老衲特来贺喜。其一，因你丈夫修道，在考试时，那被救之人死去的魂魄去科场助了他一臂之力，使他中了举人；其二，还是他修道之因把你家幼小的公主修成天上仙女了。"说着又问刘夫人道："你闺房中不停啼哭的是你三月前生的小公主吧？可否抱来给老衲一看？"夫人不敢怠慢，唤仆人去抱。说也奇怪，仆人抱来时公主还在啼哭，然而到张果老手上却望着他笑了。张果老一边逗着小公主，一边对刘夫人道："小公主不停啼哭是因为她今天即将离开你们去天上。"张果老说完扬长而去。这边小公主一觉睡去，那边王母娘娘分娩，出生的也就是这小公主转世的仙姑。

当时张果老只是告诉仙姑："听说你母亲生你前，不知哪位大仙抱着你的灵魂，途经刘家大门口去天上玉皇宫，进去不多时你就降生了。""不是！你骗人，你带我找爹！"仙姑说着坐在地上号啕大哭。张果老又解劝道："你生在天上十多个春秋，人世间已过了几千年，那刘一犁早就去了另一个世界。""不管！你得带我到那个世界去找！"张果老被仙姑闹得哭笑不得，看仙姑是不到黄河心不死，只好收拾一下领着仙姑出了门。门外山上的场景仙姑已无心再看，只是挤在人群中买了一串糖葫芦跟在张果老后面离开山地一直向前。虽然是晴天大白日，但却感到走的路由明亮慢慢变黑暗，一会儿竟漆黑一片。接着越向前越亮，快步向前亮光处能看到前方云雾缭绕的壮丽山川之中，一座城时隐时现，还能听到城中（和神居山一样）嘈杂热闹的非凡之声。

进入城中呈现在眼前的是金碧辉煌的宫殿群，殿外层层叠叠地分布着奈何桥、鬼门关、十八层地狱等。到处都是手持钢叉铁矛的鬼卒在巡逻。张果老带着仙姑向前赶到宫殿门口，正迎面来了一大群面目狰狞的牛头马面等鬼吏，簇拥着一个头戴乌纱、身穿蟒袍的官，这不是天上的官员，而正是仙姑要找的那前世的爹——刘一犁。原来此人在人间中举后没做几年官，便被人残害而亡，死后天上玉帝看在自己女儿的分上，下旨封他为阴天子统辖冥界。张果老不但了解这一切，还和阴天子很熟悉。见阴天子来，张果老告诉仙姑："这就是你要找的刘一犁呀！"接着近前几步和队伍中的阴天子打招呼，并附耳说了几句，才退回原地叫仙姑去和她前世的爹相见。"爹！终于找到……"一句话未说完仙姑就泪如雨下，哽咽了半天又说，"我为找爹不知吃了多少苦才来到了这！还连累小白龙哥，我估计哥闯的祸性命难保……"仙姑来到阴天子驾前跪爬半步泣不成声，阴天子面对前世自己的亲生女儿同样也痛不欲生，又因考虑到当时不适合坦露真相，故而控制着自己的眼泪缓缓下轿来扶起仙姑道："孩子你认错了，我不是你爹！"说完把仙姑哄到张果老身边，忍痛撒手去了宫殿。阴天子离去，仙姑倒地打滚闹着，哭得死去活来。张果老哄了半响才止住她的悲泣声，拉着她乘云梯去了天上。

再说自从仙姑下凡去了人间，天庭也闹翻了。小白龙打死二郎神家的宠物。二郎神去天殿奏本定小白龙三条大罪：其一，小白龙未经天庭批准，私自下凡；其二，小白龙无故行狂风起暴雨，水淹大半个九州（其实水淹的只有几个县，纯属二郎神夸大其词瞎说一通）；其三，小白龙打死二郎神家多年为天庭培育的哮天犬。二郎神告状后又下凡鼓动受灾的天下百姓喊冤，使得玉帝坐卧不安，几次大动干戈欲下旨定小白龙死罪，小白龙的爹西海龙王全家出动上下找人打点、去金殿说情，还是消不了玉帝的一腔怒火。

而今张果老带仙姑回宫向玉帝交了旨，不敢怠慢立即去了皇宫内院找王母娘娘。王母和玉帝一样怒气冲天，见张果老时刚想发火，却被张果老先接过话头向娘娘请安，接着笑嘻嘻地向王母道："我此来不为别事，是想向娘娘讨一杯喜酒吃。老臣特来做媒将你家公主许配给小白龙为妻。""我家公主怎能嫁他这畜生？"接下来张果老舌灿莲花般说得娘娘慢慢开朗了，左思右想后终于答应了这门婚事，王母认了，玉帝也通了。然而就在这节骨眼上二郎神又来找玉帝，玉帝晓得二郎神的来意，不等他开言就道："小白龙该杀，不过……"玉帝的话说了一半戛然而止。

二郎神讨旨未成，却不死心，回家领着自己几个徒弟下凡，一心想置小白龙于死地。走得不算慢，三更天便来到了神居山的另一侧。"师傅！你看那不是小白龙吗？"其实他们在夜幕下看错了，那不是小白龙，是一条黄鳝精。在天干旱多日的夜里，这家伙张大嘴向外喷着浓雾，用雾水滋润田间的土地，让农民获得丰收，其目的是想修得"万年成龙"。然而它的那些弟子们却为非作歹，把它们窝巢旁一农夫饲养的一大群肥鸭，每天咬掉好几十只……二郎神的徒弟把黄鳝精当成小白龙，正欲拉弓搭箭，二郎神又感到玉帝没给他旨意，这样鲁莽动手罪名难当，忙上前阻止。正在他左右为难时，旁边的很多死鸭子使之眼睛一亮，计上心来。他带着徒弟们找到养鸭的农夫，告诉他："躺在地上的那畜生每天杀死你家好多鸭子，现正睡在它的窝巢旁张着嘴休息，你趁天没完全亮，去宰掉这吃人不吐骨头的东西。"农夫对自己家的鸭子每天死很多，还一时摸不着头脑，听二郎神这一说，立马拿着一把铁锹赶到黄鳝精那里，看到这家伙果真躺在那呢，也不管三七二十一上前就是一铁锹，铲下了黄鳝精的头，小黄鳝见状一哄而散。

农夫很高兴，二郎神以为被杀的黄鳝精是小白龙更是乐在其中，带着徒弟心满意足地回了府。刚想坐下歇一会儿，有一个人突然从他家的内院走了出来，这人就是在他家等待他多时的张果老。张果老借题发挥，见了二郎神没打招呼劈头盖脸地说道："小白龙是玉皇大帝的龙婿，你用借刀杀人计害死了他，闯下灭门大祸，你居然还蒙在鼓里有所不知。"二郎神一听神魂出窍，立马跪下问张果老有何良策。张果老想了半晌道："你拿出哮天犬咬伤的解毒灵丹。我去给小白龙用药，再加之我的神功妙法，也许能救活那小东西。"二郎神二话没说,便从家中柜子里找出灵丹,拿出来交到张果老手中。老人家接在手中似笑非笑地点点头不辞而别。

小白龙用了药,再加上他爹领旨降下的一场大雨,起死回生又回到了龙宫。两年后小白龙真的和仙姑成了婚,生下儿子九头虫……

人们为了纪念这件事,特地在神居山下(小白龙遇难之处)建了一座庵堂,命名为"骑龙庵"。

甘露寺因"龙"的典故而闻名

有人一提到甘露寺,就认为是三国时刘备招亲的地方。否!刘备是在镇江北固山甘露寺招的亲,这里说的甘露寺是神居山东侧孙巷村境内的寺庙。

此寺因"龙"的典故而闻名,它的原名叫"甘龙寺"。相传早年间孙巷村有一个小伙子赶集回家,走到村子附近的三岔路口处,看见一条巨蟒横在自己眼前,大惊失色的他想立刻拔腿离开,又怕这庞然大物随后追自己。就在这小伙子不知所措之时,那蟒蛇抬起尾巴不住地摇晃,似乎在叫他不要害怕。小伙子这才安心地往家赶,一进村子就把此事向众人说开了,大家感到好奇,都跟着小伙子一路小跑来到那地方看是不是真的,然而来到那路口却什么东西也没有。

"是真的,我是看到那巨蟒了,这路旁游动的痕迹还在呢!"

"你看错了,那不是什么蟒蛇,是天上龙王家的三公子小白龙。也许它怕在这里吓到我们现在上天了。喏!你们向上看。"

大家抬头向天上看,果真上空有一朵漏斗状的蘑菇云,云端不停地向周围铺开,下面拖曳着一条粗大黑色的尾巴。

"快快回去,小白龙正在天上行云布雨呢!"

是的,马上就要下雨了,大家不敢在此多停留,都向家狂奔。还没到家,大雨倾盆而下。大雨下的时间并不长,一会儿天放晴时,西边还出现了一道彩虹。人们知道,这是小白龙看神居山脚下的风景迷人,从山上赶来游玩。

根据这传说,当地官府于康熙年间在此建了一座甘龙寺,自此后,这里不仅风调雨顺,还出了许多达官贵人。宣统元年增屋十余间,规模甚大,香火旺盛,一时蔚为江淮胜景。后来因1931年的洪水暴发,甘龙寺毁灭殆尽。欣逢盛世,为满足信教群众的需求,经高邮市政府的批准,同意重建甘龙寺,并更名为甘露寺。

"郭集"地名的来历

古代人们认为：世间能成为将相王侯、才子佳人者，是他们祖上的坟墓葬得好。故这些人家中老人去世，对坟地的选址十分重视。甚至家里人还没死，发现一块好地，自己舍命也要去抢地，明朝有一位天官姓郭，他就是这样的人。

一天，郭天官从京城去扬州巡访，途中听说神居山脚下是天上仙家出入之地，风景优美，那里有很多的风水宝地。故而特意绕道赶去邵伯湖张公渡，到了那里夜幕已降临，停船靠岸后，郭天官站在岸上，手捻胡须向远方眺望，果真一转眼就发现了一处三面高、一面临湖的"朝阳地"，忍不住脱口而出"好"。然而他赞叹后却突发奇想，要在张公渡给自己建一座阴宅，于是他一天也不愿在这逗留。第二天一大早他也没有去扬州，而是立即赶回家，把自己的想法告诉了自己的结发之妻，妻子如雷轰顶，但由于受旧时男尊女卑、三从四德的传统束缚，不敢向儿女们声张，只能暗地里落泪。郭天官安慰了妻子，背地里写下遗嘱……他西归后，儿女们遵照他的遗言，在当地找来一位姓刘的阴阳先生，哭号着为郭天官在邵伯湖边建坟30亩，同时在家超度他的亡灵七七四十九天。

郭天官在这里永久安息了。他还有一位名叫杨善人的仆人，郭天官在世时杨善人忙前忙后，死后又为郭天官守陵墓。他天天望着郭天官的墓，很羡慕主人为自己的后代着想，从而由羡慕又产生了与他主人同样的想法。不过他不想自己去死，想把老娘的坟从老家移过来，找一个好地方重新安葬。他老家在建宁府建安县，路途遥远，主意敲定后便去请前面的阴阳师刘先生，对他说了自己的想法，刘先生也晓得杨善人在此处一年多，用身上仅有的钱为当地修路架桥，是一个大好人，也就答应了，带着他来到北面两座山丘夹一沟之处。

"这两座小山丘虽不大，但地气旺盛，丘陵与丘陵相交之处是龙脉，这附近村里人丁兴旺很富裕，就是这龙脉起的作用，你娘的墓迁来安葬在那上面，就可以独发你杨家一门，你看怎么样？"

"不可！此龙脉是供大家发财的，独发我一家，我杨家于心何忍？烦先生高抬贵手，找一个不影响别家风水的地方。"

刘先生心想，天下找风水的哪有替别人着想的？心里很是佩服，于是陪着杨善人继续寻找。然而整整找了一天，一些可以让他娘迁来安葬的风水宝地，对别人家都有影响。第二天又在南丘陵找了一个上午。

"杨善人，难道你要找一个封侯拜相的风水不成？恕俺无能，你们家的风水我恐怕看不了。"

"怪我不好，恳请先生不要发怒，帮我再找找。"

"俺才疏学浅，告辞！"

"先生留步，求先生赐一地，无论什么地方，我都不会再说什么。"

"此话当真？"

"一言既出驷马难追！"

"好！我们正前方二十步远的地方，就是风水佳地，你找一个树枝做上记号，就可以破土建坟了。"

"俺看这里四周都没有其他坟墓，不会影响别人吧？"

"当然不会！"

这是刘先生在左右为难的情况下，随便指的一块地，杨善人不好再说什么，也就听从了。后来刘先生又想把说出去的话收回，然而又咽了回去，拉着杨善人前进几步仔细看。这块地前方有一个坡度存不住水，周围草木枯黄无地气地脉，上首还布着三块石头，石头在草木中，像是三只正在觅食的老虎，这是一块天然的老虎地。杨善人娘的墓只要占了此地，就成了"三虎擒羊地"（杨与羊谐音），羊入虎口，那还能会有好？难道这是天意？这是刘先生心里所想，杨善人却不知这地的凶险，只是看到现在这个地方无人家又无坟，不会对别人有影响，就同意了。

"不过我告诉你，不管多高明的风水先生都有看走眼的时候，我也是。你要真的想占这个地方的风水，就再请高人给看一看。"

"我既然请你，怎能不信先生？我明天就去找人把老娘的尸骨迁过来安葬。"

"一切由你自己做主，在下告辞了。"

刘先生没有收谢礼，告别了杨善人就头也不回地走了。

后来，杨善人不辞劳苦忙碌了近一个月，在那块地上建成了他娘的墓。这一天，终于可以躺在家里床上松一口气了，刚闭眼，忽然见到一个阴阳先生来找他。

"刘先生……"

"我不是刘先生。我也给人家看风水，然而却比刘先生看风水的能力高得多。告诉你，好风水有德人居之，天意总强于人意。按这种人意，你主人郭天官的墓是一处得天独厚的地势，将来他家后代有发旺。你受你主人郭天官的熏陶，同样使人敬佩。但你老娘所选的墓地是犯冲的风水，很不好，不过只要费点力气，改一下定能胜过你主人的墓地。"

"恳请先生赐教！"

"这两天秋雨绵绵，雨水把你老娘的坟地冲得沟沟壑壑，相当于一个家庭守不住钱财，你要想办法不让天上下的雨水冲刷这墓地。另外再在三块石头后面加一道土埂子，就使这'三虎擒羊地'变成'三虎护羊地'了，你家子孙必定前途无量！"

那先生说完化为一道烟雾飘然而去，杨善人急忙起身送行，却被身旁的板凳绊倒一惊而醒，再睁眼一看自己还在床上。知道刚才是做的梦，确认这是仙人指路，便照着去做了。

后来杨家后代真的如梦中人所说，一代胜似一代。杨善人的重孙杨荣，受到明皇朱棣任用。朱棣即位，把杨荣选入文渊阁，在明朝官居高位，声名显赫。郭天官的后人也不错，有两位担任过地方上的小官员，子子孙孙家庭和睦，阖家平安。

至今这里的人们还一直传颂着郭天官主仆两家安坟茔的故事，故后人称这里的集市叫"郭集"。

官路集的传说

官路集地处高邮西部，东邻常集、西连神居山，扬菱景观大道纵穿其中间。

传说很早时，这里住着一李姓人家。一天，李家儿子来到地里掌着犁耙，吆喝着牛拉着犁翻动着弯田里的沃土。正当他干得起劲时，来了一位神居山上的神人，叫他停下犁说有话要告诉他，李家儿子停下犁恭恭敬敬地来到神人面前问有何事告之。神人刚想张口，然而看见李家儿子慈祥的面孔，却又咽了回去。

"请问，您有什么事？"

"唉！人家说你不是好孩子，我看你很善良，不忍说。"

"究竟何事呢？"

"孩子，善良的孩子！你已快要死了，还在这耕什么田呢？"

神人在忍不住的情况下，终于实情相告。此时李家儿子哪还能受得了，"嘭"一声栽倒在地，昏了过去。神人扶起李家儿子，用手指掐醒了他说："你先回去，我帮你想办法。"

神人安慰完李家儿子后就离开了，走了一段路又回头，看见李家儿子不但没回家，反而在加速犁田。

"好孩子，你怎么还在耕田？"

"我快死了，然而挂念老娘，田没耕出，不好种粮食，我娘就没吃的。"

"你很孝敬老人，值得世人敬佩，我去地下请求阴天子饶恕你。你回去做两个菜，再倒一杯酒放在桌上，如果今天夜晚我去喝了你家酒，说明你有救，否则……"

李家儿子谢过神人，抱着一线希望回了家，一到家就忙着抹桌子，摆酒布菜。母亲问他有何事，儿子怕母亲担心，没有说真话，只是说拜请神人。按照神人说的，一切准备就绪，李家儿子坐在桌旁一直等候到半夜，却不见神人踪影。到了五更时分，李家儿子实在支撑不住了，趴在桌上睡熟了，这时来了一阵风，差一点把灯刮灭了。李家儿子瞬间清醒，睁眼瞧见一个人影从桌前一闪而过，他还没来得及打招呼，那人影就不见了。看桌上杯盘虽未动，但酒杯却空空如也。他终于松了一口气，对天磕头谢神人救命之恩。

　　前面，神人在李家儿子耕田时说的一番话，是地府阴差所言：李家儿子在家好吃懒做，父亲被他气死，现在是娘儿俩生活，他还嫌母亲赚钱不够他花，动手打老人。本来这儿子命就不太长，再加上虐待老人折了寿，没几天阴差就要捉拿他下地狱问罪。然而今天神人遇到的儿子却不是，怀疑阴差指错了人，答应李家儿子去阴间找人让他不死。后来经了解，阴差确实忙中出错，那是另一家姓李的儿子，如不是神人帮忙，冤死了人，无法挽回。

　　后来人们就把这里靠路边的集市改为"官路集"。

马头庄的传说

马头庄与高邮城隔湖相望，其庄名是来源于一个传说。

说这里吴家嘴有一个人姓五，人们都称他五王爷，是家财万贯的户儿。五王爷家中养有两匹神马，那马日行千里，夜行八百，一年365天不用拴着，也不用仆人喂马料，自己外出去吃草喝水。一天早晨天起了大雾，两匹神马从湖边饮水回来，半途中正巧碰到一个拿铁锹的农夫，农夫担心马糟蹋他家的菜园，便举起手中的铁锹，砸向后面马的马头，马头掉落在地。然而蹊跷的是马头被砸掉了没有流出一滴血，继续跟在前马的后面没命地向前跑。那农夫既后悔又害怕，连声喊叫："快跑！快跑！"意思是想让马快离开，自己可以逃脱责任。随着他没命地喊叫，两匹马更是一路狂奔，无头的马跑到湖滩梁山附近倒下了，前马感到同伴不在后面，掉头看，同伴已死，情急之下，它撞在路旁一块大石头上，当场而亡。

后人为纪念五王爷的两匹神马，就用白玉石雕刻了两座石像，合葬在它们殉身之地。

还有一种传说：在秦朝的时候，秦始皇赶山塞海来到高邮，看到两匹英俊威武的白马，就叫身边的护卫把它驯服给自己用。那护卫费了九牛二虎之力，仍驯服不了这两匹马。后来又叫很多的士兵去驯服，结果伤了很多人，也未能成功。秦始皇大怒，用宝剑向一马头砍去，那白马头应声掉下，前面的一匹马跑了，没头的马也跟着跑，跑到北面的大湖中沉于湖底，人们就把那地方叫白马湖，被秦始皇砍掉马头的地方叫马头庄。

因历史久远，传说不一。1992年石油探察队钻井时，在湖中发现了它们，因石马太重，当时无法运走，直到2000年，郭集的一个叫江怀仁的小伙子组织人员用拖拉机取回两匹白玉石的马，安放在三观殿广场。

"朱(猪)吃蔡(菜)"

神居山东侧,坐落有朱家和蔡家两个大庄子。早年,他们相互之间来往还比较密切,还合作在庄子之间挖了一个用水塘。

后来一个阴阳先生的出现,使这一方平静的土地起了风波。蔡家庄的农户特别穷,穷得家里揭不开锅,阴阳先生为了弄两个钱花,特地找到他们的庄主道:"你知道,你们庄上人家为什么这么穷吗?"

"哪知呢?"

"噢!这也难怪,你们不懂阴阳八卦,告诉你吧,这是一门姓朱的坑害了你们。你想啊,你庄全是姓蔡的,他们姓朱,'朱(猪)吃蔡(菜)'呀!有一天夜里,我往家赶路,经过这,看到很多猪在你们菜地里吃菜,田头也是。"

"我不信,我们家菜、田苗没被什么牲口作过。"

"他们是猪的星宿,吃了看不出痕迹的,但是庄稼长得极其瘦弱,你们家家户户当然也就富不了啰。"

其实庄稼长得差,是蔡家在所处的地质差,并且地势低洼含水。然而蔡庄主对阴阳先生的话先是不信,但之后又相信了。

由此也就引来了蔡家庄人对一门朱姓的极端仇视。没事找事与人家纷争,却又常让朱家人击败,成了一群"落荡鸡",又被人嘲笑说:"蔡家庄人太孬、软弱似一碟小菜,朱家人像一头凶猛的猪。"当初阴阳先生瞎编的话却成了后来这一方人们"朱(猪)吃蔡(菜)"的笑柄。

蔡庄主面对这样的情况急得团团转,不得已又糊里糊涂地去求阴阳先生。

"请问先生,有何法可治服这'一门牲畜'?"

"有啊！你可去山上请'山神'——老虎石碑。把石碑安在你们两庄中间的一口塘的塘埂上（日后叫老虎塘），这'山神'坐落于你们之间，有了它就能镇住朱家。"

…………

没过几天，阴阳先生又去了朱庄，与朱庄主见了面。

"先生，你……"

"你们朱、蔡两家有事没事吵闹得这一方鸡犬不宁，别人来劝，你把人家拒之门外。你可知晓，如今'朱（猪）吃蔡（菜）'，可有老虎坐镇其中了。"

"我知道，这是你的一套鬼把戏。姓蔡的听你话，鬼鬼祟祟从山上弄来什么镇住我庄的老虎石碑。这东西放在哪？快叫蔡家人搬了。"

"这石碑请来，不全是针对你们，是用来镇定这一方的，你朱家是为妖孽所惑，常和别人过不去，山神在此，你们应该清醒一点。"

"你给我滚开！我马上就凭这石碑之事去问罪于蔡家庄。"

朱庄主嘴里一边说，一边撵走了阴阳先生，来到外面鼓动庄上人冲进了蔡家庄。蔡庄主告诉庄上人，如今朱家人"胆敢在老佛爷头上拉屎"就一定出晦气。蔡家人家家把门关上，不去理睬，朱家一群人像疯狗乱咬一阵后又灰溜溜地回家了。

这天晚上，朱庄主躺在床上怎么也睡不着。他虽不信阴阳先生的话，但刚才去蔡家庄吵闹的过程中，他朱家有几个人，说此阴阳先生的法度特别灵，想到这心里有点忐忑不安。但又在安慰自己"今天我听这几位的话，带大家回头了，没有过分之处应该没事"。然而在他刚闭上眼睛时，却突然听到外面刮起了一阵怪风，风声中夹着一只猛兽之声，它的吼叫声越来越近，直冲向他家，不一会儿又听到"咣当"一声撞开了门，进门的是一只张着血盆大口的猛虎，虎视眈眈欲扑向眼前的他。朱庄主吓得神魂出窍，立刻爬上柜子，从柜子上钻出屋子，来到了屋顶，又不知老虎怎么会蹿到屋上的，迎头哇呜一口咬住了自己，他一下从屋上摔了下来，即刻从梦中醒来。牛庄主坐起觉得头晕，眼睛睁不开，闭上眼不一会儿仍然做此梦，好不容易熬过这一夜。

第二天天亮，朱庄主硬着头皮到外面把阴阳先生请进门，向阴阳先生打招呼。阴阳先生叹了一口气道：

"这是天上派下来的神虎，我也没法？"

"先生你懂八卦，恳请帮忙。"

朱庄主一再说，阴阳先生才消了气，教他如何去做……

从此阴阳先生一手策划的"朱吃蔡"的恩恩怨怨终于得以平息。

来源于神居山上两只"石羊"

菱塘回族乡境内小河滩上葬有"一框三穴"之墓。"一框"指坟墓外围用土堆成二三尺高的土埂,"三穴"指三个坟冢。坟冢正面堆的土埂留有一缺口,其意是留给坟墓里鬼进出的门。在鬼门的两边立着从神居山上请来的两座石羊像,据说两座像是神山上的,能保护坟墓,人们称此墓为"石羊坟"。

石羊坟年代太过久远,不知何年所造,这并不需要追问。然而人们需要晓得的是坟地附近所出现的一件奇事。这里土质肥沃,水源丰富,农作物长得茂盛。有一天,当地有一位姓李的老头发现自家田里的麦苗不知被什么牲口偷吃了一大片。细查发现,田里有羊粪,是羊吃的,还不止一只。是谁家没良心夜里把羊放出来的呢?去庄上问邻居,也没问出个水落石出。到第二天又被吃了好大一片,后来李老头没办法只好晚上带着被褥到田头守着。那一夜,李老头的田里却没有动静,麦子也没有被糟蹋。然而在离李老头不远处人家田里的麦苗被羊吃了,接下来天天有人吵嚷,田里的麦苗被羊吃了。

"李老头,你夜里睡在地里,看到羊了没有?"

"我夜里只睡半夜觉,还有半夜不睡,到处察看,没看到羊的影儿,但等到天亮,却发现别人家田里的麦子被吃了。"

"那是你睡觉的时间吃的,今天我也去,我们两人都不睡,悄悄看着。"

那天夜里李老头多了一个陪伴他的小伙。两人真的一夜没闭眼,还多次去田头察看都没结果。到五更时分,两人又把所有的田跑了一圈,在回住处途中,那小伙心细回头再看,却见有两个黑影就在他们身后的田里。

"奇怪!我们刚经过的地方怎么没瞧见,真是鬼气?"两人疑惑,立刻向两个黑影靠近,借着半明半暗的月光看清楚了,的确!是两只羊在低头啃田里的麦苗。两个人动作轻巧，慢慢向前移步，然而奇怪的是这两个牲畜感到有人在附近，立刻像长了翅膀一样四脚离地、身子悬空，向石羊坟地逃窜。两人随后也来到坟地，只看到坟头有两座石羊像，其他什么也没有。

难道是这两座石羊在作怪？是！这石像是神山上搬来的，去搬的人，当时就发现山上的草、小树苗被这两个怪物吃光了还没长出来。

真相终于大白于天下。第二天，他们来山上焚香，请求山上的神灵惩罚这两个孽畜。真灵验，不过一炷香的时间，天空突然乌云遮日，雷电闪烁，炸雷隆隆，一阵风雨大作过后，立于坟头的两只石羊的头没了……

此墓上的两座石羊成了无头的石像，后来此墓又被盗贼挖掘盗空。据盗贼说，主墓采用的是双层棺椁，其外廓约1.6米高，内棺高一米，两棺椁都是用较厚的木板拼凑成的。棺盖开启，发现棺里尸骨完好，但有一胸镜，因盗贼破坏墓不存在了。后来，两座无头的石羊像就被当地村民供奉于鱼塘埂上。

磨子桥的故事

神居山向东约八华里的骑龙庵处,有一条小溪,过去这里人们生活得很窘迫,没钱去建桥。一年到头这条小溪中的水流淌不断,过小溪往来的人都是赤脚蹚水,后来有一位姓杨的东家在这里搭了一座桥,又因两边是两扇石磨搭的,故叫磨子桥。

桥虽说平常得很,然而这两扇磨子的来历却不寻常。它是在很久以前天上掉下来的一块大陨石,陨石掉在小溪旁,砸出了一个约有 30 米方圆的大天坑,经若干年的风雨洗劫后成了一个塘。这陨石又大又圆就像一座小房子永远矗立在塘的中间。

这塘在杨家的地皮上,姓杨的东家见那石头质地细腻,就请来当地一位姓朱的石匠和他的几个徒弟,把石头劈成几片,打制石磨。两天不到的工夫,石磨打制成功,杨家就用来开油坊,据说榨出来的油醇香可口,人们竞相传说,不多久,磨坊生意十分兴隆。

一天夜深了,油坊的东家在床上辗转难眠,忽然听到磨屋里有呼啦呼啦磨磨的响声,赶过去却没见到人。又上床,这时觉得自己迷迷糊糊又走近磨坊,借着月光向磨坊窥看,只见一个老人低着头不停地推磨子,疾呼:"你是谁?"老人停磨低声说:"我是一个修行的人,人要多做善事积德,才能生一个好儿郎。"话音一落人却不见了,东家知道刚才又是一梦,不知是什么神人扎梦让他去做善事。此时的他思绪万千:"修德?前面我生的全是女儿,听老人的,也许我家的人下一胎生的是男孩儿。"

做什么善事呢?那天东家琢磨了好久,决定在家附近的小溪上搭桥,但却发现没材料,舍小家顾大家,只好忍痛割爱把自己家磨坊的东西用上。

第二天一早,他就请来几个庄邻,帮忙将磨子抬到小溪边,又花钱从朱石匠家买来几块条石及若干块小方石。用小石块垒好两边桥墩放上两扇磨石,横跨两边的是几块条石,这就成了磨子桥。

后来,杨家的油坊不再开了,做起了另一个职业——顺小溪的南边筑埂蓄水种田。更使杨家高兴的是,家中果真添了一个宝贝儿子,有了后代,一家人欢天喜地,庆祝了几天,家中小日子过得有滋有味。

"东墩坎　鬼造反"

东墩坎地处高邮送桥最西面,李家大庄就坐落在此地的中心地段。李家庄东南有一片凹凸不平的地带,凸起的丘陵是吴家山乱葬地,丘陵下面的凹地是吴家洼。

东墩坎与这里的神居山同在古运河一侧,两地虽相近咫尺,然而它们有着不同的奇异传说——神居山是"神"之说,东墩坎竟是让人惊诧的"鬼"之说。

至今这蒙在人们脑海中的"鬼"之说仍是未解之谜。那时,这高低起伏的丘陵地带树木茂密、荆棘丛生,每当夜幕来临,阴风飕飕而起,同时出现数百点一闪一闪的荧荧火光。火光时大时小、时聚时散、忽明忽灭、或远或近,借着光亮还能看到好多个似人非人的怪物,它们不断发出鬼哭狼嚎之声。它们一边走着,一边一把接一把地向天空挥撒尘土,搞得那片天地乌烟瘴气。

还有在那一河之隔一眼望不到边的芦苇荡里,更是让人毛骨悚然。在晴天白昼时,都有身穿铠甲、手执剑戟、骑着高头大马的将军领着队伍,从芦苇中威风凛凛地冲出,驰骋在这密林深处,直至不见踪影。

荒诞怪异的现象是那时东墩坎常有的传闻。人们死的死、逃的逃,最令人难以忘却的是至今李家庄没有一个姓李的住户,鼎盛时期李家庄有40余户,可怜的是自从李家少爷出现,灾难就降临到了这个庄上。少爷是从外地学习毕业回来的,回来不多天的一个大早上,和童儿去河那边的秦楠小街有事。去时童儿告诉他:"经乱葬茔路近,那是不可走的,走了可能给自己带来灾难,而且连你身边的人也会受其害。"他回答:"我不信邪,再说此地在我们家附近,那里的恶怪不会对其附近的人施暴。"童儿劝不了,只好带上他祖父驱邪的"桃杖"跟随少爷出发了。走了约三华里的路程,眼前便出现雾气糟糟的一片天,特别是一股怪怪的旋风刮得人眼睛睁不开,少爷掉头瞧自己身后是青天白日,有点不理解。童儿知道少爷是在外长大的,对此不熟悉,告诉他,"这就是你要经过的乱葬茔地。""哇!""哇!"……什么鸟儿在叫?抬头仰望,原来是两只乌鸦从他们的头顶叫着疾飞而过。叫得少爷慌了神,一不注意自己的脚绊踢了一堆尸骨,同时又觉得自己的脚下泥土动了两下,便从他的侧面冒出一股青烟。童儿见此景大声唾弃:"呸!呸!……"一边挥动着桃杖向这股怪烟乱打、乱舞,一边拖着少爷往旁侧绕道离开这鬼地方,继续向前走。然而离秦楠还有很长一段路,少爷就觉得精神恍惚,那街市去不了,只好掉头往回走。走了一会儿病情更严重了,便要童儿搀着一步步向前。巧的是,在半途中童儿肚子疼要去解手,离开后却一去不回,李少爷没法只能一个人挺身向前挪步。走着走着,不知不觉已近黄昏,抬头远望,前方有灯火一闪一闪的,是一个庄子。

  他有些疑惑:"我所经过的途中都没有人家,难道自己走错路了不成?也不考虑那么多了,去那庄上借宿一夜吧。"进了庄,眼前虽看到有灯,但暗得很,模模糊糊,自己站在了一户人家的大门口。门旁有一块坏门板,此时的他感到更加头晕目眩,支撑不了身子,便一头倒在门板上睡下了。后来迷迷糊糊地又起来去敲这户人家的大门,里面有一个老太婆开了门,她看到少爷没开口,缩回身子进了里屋,少爷打着招呼,也就跟随进去。借着微光看到,屋子还蛮宽大的,但空无一人,老太婆也不见身影,屋的中间悬吊着由四块木板拼成的一张像一个大盒子似的床。噢!老太婆一进屋就躺到床上睡觉了。只见她身遮红绸,蜡黄、枯瘦的脸上两眼沉陷。"这有可能是老太婆拒绝我,故而装睡吧?"李少爷这样想,也就悄悄退出了门外。

  刚想再躺下,忽然听到前面吴家洼有一帮人在争斗,吵声越来越大,侧耳细听是棍棒、刀锹激烈对打的碰撞声,还有人哭爹叫娘喊救命,声声不绝于耳。那里肯定要出人命,李少爷哪能睡得安稳,于是起身去吴家洼那看个究竟。然而待自己赶到那儿,没见一个人影,吵嚷之声也听不到,只听到田野间沟渠里的水流声。少爷来这扑了空,感到有点扫兴,只能往回走,来到自己原来歇息的地方还没定下神,忽然觉得背后有一个人伸出一只手臂,从前面绕过来圈住自己的脖子。"童儿!"没人答应。"你是谁?"还是没人睬。

此时那人把手臂收回，又用两只大手来卡他，他猛然一惊，醒了。

李少爷所经历的这一切是现实还是在梦游，连他自己也说不清。醒来后，他撑着身体站起，待睁开眼睛时，却一惊。原来自己昨晚歇脚之地不是一个庄子，而是一块荒地，侧身就是一堆荒草垛，不只这一堆，这一片全是。李少爷糊涂了，用脚去踢那草垛，却发现是一个大坟堆。忽然想起，昨天进去的是这座坟墓吧？里面悬吊着的不是什么床，是一大悬棺椁，棺椁里躺的应是一具死尸。这一切在他脑海中一闪而过，吓得他魂飞魄散，怎受得了，"扑通"一声栽倒在地……昏迷一会儿清醒后，想到这里是阴魂不散的吴家山坟地，他从身上掏出打火物件，点燃了坟地上生长的杂草，不一会儿，大火弥漫，烧红了半边天。李少爷自己没能跑出去，把自己也烧死了。

再说昨天童儿的去向，他去解手，解手完刚刚移步，发现一个小女子拎着一个篮子从自己眼前走过。仔细一看，是几年前爹妈曾经许配给自己当娘子的二丫头，那丫头早就掉进河里淹死了，怎么出现在这里？他紧随那女子身后，没跟上，却碰到李少爷的爹——李庄主领着一帮人在找他们。童儿说明他们分开的原因，就一起找李少爷，一直到天大亮，发现这坟地里起大火，才找到李少爷，可惜人已经死了。

李家人把李少爷安葬后，李家庄上日间阴气不散，就像一层幕布蒙着这里的上空，夜间乌鸦叫、鬼魂闹，搞得家家鸡犬不宁，李庄主没有办法，只好请来阴阳先生。先生说："你家少爷去时已与乱葬营地的孤魂野鬼结下了冤仇，回家的路上又烧了坟地，再次触怒了吴家山的鬼……"先生走后，李庄主按先生的吩咐，超度吴家山上的众鬼。

钱花了，李庄主心中稍有安慰。一天，他去远方的亲戚家串门，出门走了不远，忽然听到有人断断续续在说："李家人放火，触怒了……还有两个人前世……也拿……要快……"这不是一个人，有好几个啊！在哪？李庄主四处张望想看个究竟，噢！看到了，有一阵黑影在与自己隔着两块田的草地上一闪而过。当时李庄主并没有去理会这阵影儿，继续赶他的路，在快要到自己亲戚家时，突然感到一惊，似乎前面途中遇到的"只闻其声、不见其人"的黑影儿不走正道（穿越草丛树林），不是一群人，是鬼！不好！庄上又要出事了。想到这哪还能去走亲戚，李庄主立刻往回赶，因心情急躁快步向前，只不过走了两个时辰，便走到离庄不远处。侧耳聆听，隐隐约约从庄上传来大人哭、小孩闹的嘈杂之声，他更是加快步伐一路小跑到庄子路口，被眼前的一幕止住了脚步。庄子南面的大塘里有两个人淹死了，周围不少的人正忙着打捞，另外庄上李大爷、李三爷的家门口也都站着好些人。李大爷家儿子刚咽气，还有李三爷一家六口人，不知怎的一下子就有两个人突然晕倒在地，全身抽搐……

大家看到李庄主回来了，立刻围拢过去告诉他，"塘里两个人是蹚着水鬼而死的，李大爷、李三爷两家也是给鬼害的，你要为我们庄想想办法啊！""是的，你们说的一点都不错……然而我们已超度过那些鬼魂的亡灵了，再请先生能靠得住吗？"庄主对请先生先是犹豫，但还是请了。先生到了庄上又是使用以前的那套法术，只不过多了一个在庄前屋后看看的过程罢了，接着说道："噢！我知道了你们仍然不安的原因，是这庄子的上首新开挖的水塘，这是一口斩龙塘呀！这塘可害苦了你们。"对先生的话李庄主虽半信半疑，然而为解燃眉之急，也只好依照去做。他带领全庄的男女老少，花了半年的时间填水塘为田。即使这样，庄主还不放心，又派人把田埂开出一个缺口，否则怕田埂关住水还是塘，不会消灾。后来被填去的那水塘被称作"破塘"。

第二次请先生，塘又填了，那庄上状况改观了吗？没有！还是天天死人。后来庄上人所剩无几，只剩三户，而这三户也都不敢再在这里居住，离这而去。

对东墩坎闹鬼之事，到如今人们还对其议论纷纷：

"你说过去那里有鬼，现在我们怎么看不见？"

"要说清此事，先得了解东墩坎的有关来历：那还是明朝时期，这里是吴三桂原籍之地，他爹吴襄及他本人来此操练过兵马。康熙年间，吴家军被灭，东墩坎还留有很多吴家的后人，这些人失去了靠山成了这里的土匪。他们无恶不作，把活人抓住扒光衣服放在火上炕山芋，或挖眼睛、割舌头草菅人命。后来上面派来董龙、董虎兄弟俩下山把他们全部剿灭了，但兄弟俩也牺牲在那里，尸首安葬在那田埂坎。为纪念英雄的英名，那地方被命名为'董龙坎'。过去很多人不识字，后来叫成了'东龙坎'，他们的墓像两个山墩，人们又叫东墩坎。土匪没了，然而闹土匪双方死了不少人。有人说是死去的这些人心有不甘，和这里的人过不去，阴魂不散，搅得这里的人家鸡犬不宁，但最惨的是李家人……"

"我和你的观点不一样,前面剿匪造成的尸横遍野,血流成河,再加上阴雨连绵的天气,肉体发臭病菌渗透那里的空间从而产生一种瘟疫,人们纷纷死亡也许跟这有关,鬼火不也就是露天尸骨中的磷吗?"

"你说的有道理,就是这些细菌进入人的身体,使人精神恍惚,眼里出现幽灵飘飘、鬼魂闪闪。怪不得,现在国家号召人死了尸体要火化,原来是为了净化空气,杜绝了细菌的来源,鬼自然也就见不到了。再说现代人的身体健壮,火光高(这'火光'是过去的说法,现在解释为人体中的一种电流),有火光的人,鬼远离你,你哪里还能看到它的存在?"

东墩坎闹鬼之事,至今还在人们口中流传着:

东墩坎,鬼造反;

吴家洼,鬼打架;

殷家河,鬼敲锣;

大李庄,鬼作伥;

两年间,人尽光。

落星坟

　　落星坟坐落在送桥与天山接壤处，向阳河之南。此坟的旁侧有一块陨石，此石直径约19厘米，厚70厘米，面积1.1平方米，中间有一个小洞。因年代已久，是谁家坟茔、死者是谁无处查证。据风水先生推测，这坟中的主人在世期间，天上有他的星宿，陨星坠地，他西归后埋葬于此，这就是落星坟名字的来历。然而让人百思不得其解的是，清朝咸丰时期，这落星坟还经常发出琵琶声。这奇异的现象惊动了远近村庄的村民，每到晚上，方圆几十里的人有的驾驴车、有的骑马、有的步行，络绎不绝赶来聆听，扬州城里的一些琵琶爱好者也不顾徒步疲劳，背上琵琶赶来弹奏几曲。天上的鸟雀也朝这地方的树木杂林中聚集，还有彩色蝴蝶，它们一簇簇、一队队地往此处野花丛中赶来，鸟雀的嬉戏声伴随着蝴蝶的飞舞，它们欲与这大自然论高低。

　　人们感到好奇，连飞鸟、蝴蝶也来凑热闹，那么，这离奇的音乐之声究竟出于何处？人们为了弄个明白，从外地又请来风水先生，经察看说："这是天上赐给死者的一块琵琶地，不信，你看落星坟地形的前端呈椭圆形，南头宽、北头窄。从墓主人死于落星之时得知，他在世时一定是一个侯爷，在阴宅，他又一直陶醉于音乐声中，说明他的威望还是很高的。"

　　风水先生又摆下罗盘，看指针随石不偏不倚，收归中线，大吉，这琵琶地周围有一华里余都是宝地。落住在上面的人家能发旺，子女前程无量。是的！风水先生说得不错，过去，住在这块地上的人家的确有中举的，也有在外为官的。如同治十二年，郝步宽的儿子郝殿儒中了武举。然而在这块地以外的其他人士参加乡试，都榜上无名。

　　当地百姓信为圣言纷纷捐银募物，筑了一座简易的侍奉殿，选派两名忠厚村民守殿，日夜香火通明，这样一来这里更热闹了。众多闲游之客来踏宝地，行商走贩抓商机，在此搭起茅棚做餐饮生意，来不及搭棚的就做风餐露宿的民用食品等。有的书生欲借宝地之灵气，在应试前背上诗书行囊，背井离乡，露宿在琵琶地中秉烛作诗行文；势力大的人家，凭着人多势众，来软硬兼施争夺这地盘，他们为了发财经常在这里大打出手，闹翻了天。

当时有一位官员认为：这哪是天赐的琵琶地，分明是墓冢的主人按风水先生意图所造仿的。这音乐是来自向阳河上的落水之声。你看，附近的河堤坝上的大水落入河底，形成"飞流直下三千尺，疑是银河落九天"的瀑布，天上时而刮来大风，这风越过草丛，树林旁侧吹向瀑布，真好似一位风姑娘在向阳河上弹琵琶，声声传于田野，故而风水先生借坡下驴，说成天赐坟地上的琵琶之音。

为了这一方的安宁，这个官员来此赶散上面的人群，拆除上面的建筑，把陨石也埋进了深土中，从此这里连鸟雀也无影无踪，宝地成了荒芜之地。

轰动四乡八镇的肖老爷墓

神居山上有汉墓,山下(天山粮站所在地)也有远近闻名的墓,巧了,也是三座。分别安葬的是肖老爷和他的两个老婆。肖老爷名叫肖乾,明清时期,肖乾异地为官,是淮安府的官员,也有说他到安徽歙县做过县老爷。肖老爷平易近人、乐善好施,深受当地民众的爱戴,在当地有较大的影响力,人人都很尊敬他。肖老爷家的土地田产在此地,他百年之后落叶归根,与他的两个老婆长眠在这里。三座墓是用砖头砌成圆顶,墓碑高大,树木成林。

肖老爷是一个传奇人物,据说在安葬他时,用了叶香魂"辟邪珠"。此珠乃是百年巨蟒的内丹,把它放到死人的鼻孔内,尸体埋进土里永久完好如初。至今已过去两个朝代,当地人对肖老爷墓中藏有"辟邪珠"依旧刻骨铭心。一些盗墓贼感到好奇,想打开坟墓盗取,却很艰难。1960年,借着"破四旧,立四新"话题的一些人,费了九牛二虎之力也未能开得了。一直到1965年,最终还是被打开了,当时轰动了周围七乡八镇的人们,赶来看的人将此处围得水泄不通。

"你看到'辟邪珠'了吗?这宝贝像蜘蛛在尸体的两个鼻孔之间爬进爬出。"

"没看到,我估计没有这宝贝。"

"没有,这肖老爷的尸体怎么没腐烂啊?"

"也许早已被人藏了吧。"

"是的,里面的一些珍珠异宝早已不见踪影,这'辟邪珠'也一定被藏起来了。"

大家议论纷纷,当揭开棺盖时,让人们非常吃惊的是,棺椁里肖老爷宛如活人似的在睡觉。他身着清朝官服，内穿绿色棉袄，外罩大红官袍，玉带围腰，白脸，胡须、发辫清晰可见。他的大、小老婆尸体虽然面色发黑，但衣着并没变形。接下来让人惨不忍睹的是，那些迷信的人把这三具尸体的外衣扒下来撕成布条，说带回去给自家的宝宝缝在裤腰间辟邪。

肖老爷墓有较高的考古价值，然而却被那个年代的一些人毁于一旦。这些人感到特别好奇，疑惑坟里这三具尸体没腐烂，是因为藏有"辟邪珠"。其实世间并没有"辟邪珠""避火珠"什么的，据当时人们反映，墓很难打开，原因是这三座墓是用糯米汁浇筑成的，内里全封闭、密不透风。墓中尸体在保存之前，先将内脏拿出清洗干净，然后再放回原处；接着在尸体的周围消毒，不让有害细菌存活；再接着进行尸体脱水处理；最后才进入真空状态之中。

自古以来，很多的将相王侯死后的尸体都未能保存下来，然而肖老爷及他老婆的尸体运用真空封存技术居然处理得这么好，这充分体现了当时尧的发祥地——神居山一带已经掌握了一种比较高超的文化科技。

肖家人丁兴旺，家财雄厚，该户为纪念这位宅心仁厚的祖先，在建坟的同时，又建造了一座肖家祠堂，简称"肖祠"，如今被用于当地的一个地名。

驱鬼之说

江淮湖西东墩坎吴家庄上有一户姓吴的人家，人称这家的主人吴老板。此人是靠做生意发的家，家有良田几百顷，财产千千万，是一个远近闻名的富豪之家。可不称心的是他的婆娘蛮横不讲理，又没给他生下一儿半女，吴老板不得已取了二房。然而家中有了两个娘子却成了"一碗不响，两碗叮当"的局面。一山难容二虎，吴老板更受气，大娘子以大自居猖狂得很，在家动不动就没事找碴儿大吵大闹。这小娘子也不是省油的灯，凭着自己年轻漂亮，不把大娘子放在眼里，从此，这个家是鸡犬不宁、闹翻了天。有一天她们两个人在家又吵得不可开交，后因小娘子嘲笑大娘子是一个"下不了蛋的鸡"，大娘子一气之下上吊自杀了。

大娘子死了，家中倒是安静了很多。然而不久，让人毛骨悚然的是房前屋后经常有一个缥缈的人影，人影闪过后又发出像猫嘶叫的怪声，不用问这一定是大娘子死后心不甘变成女鬼来吵闹。日间还好些，特别是天一擦黑，如一两个人在屋里，她往往冷不防地从屋梁上掉下吓唬人。有一次发现了她的对头心（自己老爷的）小娘子，上前就是一巴掌，打得小娘子倒在地上晕了过去。后来吴老板不敢离家一步，害怕小娘子有不测，晚上睡觉吴老板还派人在房门口守着，就这样还是不管用，他们夫妇常睡到半夜被揪起重重地抛在地上。

吴老板面对大娘子这女鬼的闹腾，开始出于同情放任她，后来，全家人都被她搞得人心惶惶、鸡飞狗跳，再也无法可忍，于是从外面请来巫婆整治她，然而治过好了没几天还是那样。后来，有一个叫阿斗的木匠主动上门来，对吴老板说，他有治邪的办法。吴老板信任阿斗，因他大娘子的棺椁及死后下葬都由此人操作，便请他帮这个忙。阿斗点头，沉思了一阵说："今天你们不要留人在屋里，不妨到亲戚家避一晚，我在这里好制服她。"傍晚时分，阿斗先熟悉一下屋子的地形，选中前厅的阁楼，进房挂好蚊帐，钻入帐内躺下休息。然而蹊跷的是，那天阿斗躺着等到半夜女鬼都没来，一直到凌晨终于听到外面有动静，先觉察从门缝钻进一股怪风，接着一个人影慢慢靠近帐前。

"谁呀？"

"我是这家的大娘子。应该由我问你，你为何要掺和我家的事？我要让他们还我命，挡我者死！"

"你心胸狭隘，容不下他人，不惜以自己的性命为代价，如今要人陪你一道去，哪可能呢？"

女鬼哪能听得进去这话，她恼羞成怒进一步逼近阿斗。阿斗知道鬼怕铁器，早就准备好一把斧头防身，就在女鬼冲过来抓他时，一闪身把手中的斧子对着女鬼一晃，女鬼见到银光刺来，吓得一个跟跄差一点摔倒，女鬼稳了稳神又张牙舞爪向阿斗扑去，结果又一次退了回来。这两个回合，阿斗存有一颗"得饶人处且饶人"的慈善心肠，故而并没有对女鬼下狠手，女鬼却不认这个情，她用口吹了一团雾气，趁阿斗看不清之际，从另一个方向跳到床边想置阿斗于死地，结果中了阿斗的计策。只听"啊"的一声大叫，女鬼被屋里事先设置的墨斗线缠住栽倒在地。阿斗认为她难以挣脱，一时疏忽，使得女鬼有机可乘挣断了墨线，又开始反扑。她深知阿斗的斧头厉害，便一脚踢掉阿斗手中的斧子，阿斗急中生智，急忙从衣袋里掏出木针向女鬼刺去，女鬼身子一闪，这样反反复复刺了多次，反而使得女鬼越来越凶。这时阿斗再也不能忍让了，他怒发冲冠顺手拿起工具箱里的凿子捅向女鬼，女鬼手忙脚乱，手心被捅了一个窟窿，疼得她不敢再战，从楼梯口逃窜而去。

阿斗击垮了女鬼，自己也累得筋疲力尽，顺地而倒呼呼入睡了。此时，天已破晓，吴老板带着妻子、仆人从亲戚家回来，见到阿斗躺在地上，满地散落着木匠工具，一片狼藉。大家吃惊非小，吴老板更是急得眼泪掉了下来，以为阿斗已一命呜呼了。然而跟在吴老板身边的仆人，伸手往阿斗鼻前一摸，阿斗惊醒起身擦擦脸，对众人说："我没事，谢谢诸位关心。"接着阿斗叫吴老板挖开女鬼的坟墓，在棺木的四角插四根镇魂大钉，再在棺木四周拉上墨斗线，这样女鬼就再也不会出来了。

后来吴老板和小老婆相安无事，还生下了一儿一女。

高邮湖是远古"承州府"沉没而来

高邮湖又称甓社湖,水面很广,它是鱼族的世界、鸟类的天堂。漫水公路穿湖而过,将神居山与高邮湖连在一起,是江苏省目前规划的旅游景点之地。人们很羡慕高邮湖,常常在沉思它那奇特的由来。

很早时,那里还不是湖,是一座大城市承州府。有一天,街市上还是和往常一样市井繁华、人流涌动,然而有一条街却走不进一个人。走近一看,市集中心地面上有成千上万只蟾蜍挡在大街上。走不过去的人们聚集在周围议论着:"此蟾蜍可不是一般的蟾蜍,是金蟾,是我们承州府人们发财的好兆头。"这时从街市东面走来一个小乞丐,他一走到人群中就插话道:"天有不测风云,天有不测风云……"大家认为他说话不吉利,拥上前来嚷着叫其滚开。乞丐也没说什么,转头就走,边走边说道:"狗咬吕洞宾,不识好人心。"

说着也就来到了一家学堂,学堂门口一个大学生和小学生捧着碗低头在吃饭,两人都没注意。大学生一抬头发现自己身旁无声无息地站着一个乞丐。顿时觉得此人奇特不凡,不可小瞧。便点头哈腰道:"小弟还没吃饭吧?在我们这儿吃。"说着就连忙把二人碗中的饭分了一大半给他吃。乞丐狼吞虎咽吃完道谢后对他俩说:"近日承州府必遭灭顶之灾,你们快离开这儿。"说完就变幻成一道黑影不见了。

乞丐走后,小学生也走了,只有大学生心急如焚地立即将此事告诉他的先生。先生又把此事报给承州府州官,一时间轰动了全城百姓。然而时过多日,大家觉得平安无事,也就把这不当一回事了。再说那大学生也想带小学生去避灾,又怕耽误了学业,留下又恐遭灾难,故而心事重重特来大街上想找那乞丐问个明白。说来也巧,想见的人出现在自己的眼前,大学生急忙走向乞丐打招呼并询问道："最近我们承州府到底是何灾？何时发生？"乞丐也说不清楚，最后叫大学生根据门前两座石狮子的眼睛变化去判断，说完乞丐又不见了。因前面所说大家不信，于是这次大学生并没把此消息通报给先生。他只能把乞丐的话藏在心里，时刻注视着石狮子的眼睛。这一天傍晚他又去观察，蹊跷的是石狮子的眼睛不知是谁给涂红了。正在疑惑之时，看见不远处（在前面和自己一块吃饭）的小学生，便叫来问道："这石狮子的眼睛是你所为？""不是我，刚才我看见上次那乞丐在这画的。"他画着嘴里嘀咕着："塘水上升，井水漫延，灾难即将发生。"大学生这才知道那乞丐是用画石狮眼睛的方法给他们传信息。他急忙拉着小学生的手说："这里的人不信，管不了他们，我们赶快走！"说着两人就一起往安全的地方直奔而去。

奔了半夜，他俩似乎觉得到了安全地带。刚想坐下歇一下，忽然听到从后面传来一种震耳像闷雷的声音，不一会儿大地摇摆颠簸，吓得他们体似筛糠。两人你看我，我看你，惊呆在那里。更让两人心惊胆战的是，从他们家的方向传来墙倒屋塌声、孩子的哭声、妇女的惊呼声……吵闹得像开了锅。此时此刻他们又觉得脚下的地在隆隆声中往下降，随即天上倾盆大雨伴着雷声由南向北而来，与地下汹涌而至的河水交织在一起，以排山倒海之势一个接一个的巨浪向两个学生这边推进，居然把他俩推上了岸。

来到岸上，两人苏醒时疑惑了："刚才那所休息之地离这岸边不远，都是平整地带，现在却分成水陆两地。噢！听说过我们的大地是处在鳌鱼之身，这发生的灾难是地底下鳌鱼在眨眼，它一眨眼，地面就向下陷，涌进来的洪水吞噬了我们的承州府，成了一片湖。"两个人猜测灾难发生的原因。他们还算聪明，能在乞丐的提醒下逃脱险情保住自己的性命。然而承州府的那些人既看不出前面出现那么多蟾蜍是将要发生灾难的前兆，又不听别人言，故而则永远沉睡在黑暗与冰冷的湖水之中……

也有说法与此不同，其中还赋予了很多神话之说。说府城的先民们把从天上掉下的一条小青龙给打死了，玉皇大帝动怒而下旨水淹地陷那座城，当时府城中有两个机灵的学生跳到两座石狮背上，石狮子向高处游，到了高地，两个学生得救了。另外在两个学生后面还漂来一个大水缸，缸里坐的是学府附近磨豆腐的老两口，他们乘坐水缸逃难于此。他们两处的人来到同一个地方，后来这里就有了高邮（游）地名以及这高邮（游）湖的名称。除此之外还有传说是天上的水母娘娘与镇江金山寺的老和尚斗法,从井里打上一桶水,淹没了江淮九州十八县,包括承州府。

承州府沉没已成千古之谈。然而使人匪夷所思的是至今人们还曾几次(下午5—6点)看到被薄雾笼罩的湖面上现出一条街道。街道时隐时现,虚无缥缈,街上有商贾行人,熙熙攘攘,热闹非凡。还有人看到街道城墙上有兵马走动,城门口人来人往。另外关于高邮湖的神秘现象又增多了,据说在深水区工作的渔民进入那(禁区)捕鱼,经常会遭遇飓风等可怕灾害。宋代还记载湖心深处所发出的巨大光芒,说有一次这光居然照亮方圆数百里的夜空。

自古以来人们之所以对高邮湖感到好奇,是因为在它的湖底下埋没了一座城。龙虬庄旧址的发掘,似乎又说明在7000年前那一场毁灭人类的灾难是无可非议的,而今的人们为那时有这样一个发达的城市而骄傲。

山外青山楼外楼

——沉没在高邮湖底的"承州府"

都说"山外青山楼外楼"。苏北平原有一座神奇的神居山,然而使你意想不到的是,这山之外居然还有一条"神街"——沉没在高邮湖底的承州府。

说到这你一定想看,想看无妨,那你还要等到晴天遇霹雳、雷电闪烁的天气,来神居山登高向东北高邮湖方向眺望,才能看到湖水中时隐时现的承州府。据说,街市上一条条宽阔街道向前伸展,一排排楼房高高矗立,街面整洁、楼房林立,特别是"摘星楼"高耸入云,无比壮观。在云雾缥缈、繁星点缀的衬托下,你来此如入神仙之地。都说古埃及的金字塔是人类无法建造的,而这种楼也是,包括楼内的雕龙画凤、精美设施与构筑,凡人是无法想象的。

远古时,据说这里没有湖,没有小山丘,更没有"神居山"这个地方,那时叫承州府。当时这里多年无雨、田地荒芜,但承州府却是一个车马穿梭、人声鼎沸的繁华街市。

传说有一天,天上老龙王下凡,来到城中巧遇算命先生袁守诚,两人在此见面,寒暄一会儿,聊起天上是否下雨之事。

"天有好几个月不下雨了,越干越热,干得地上冒火,我掐指算来,天会一直干下去,不会下雨。"

"你是一个小小的凡夫俗子,怎知天上大事,我人在家中坐,能知天下事,告诉你,明天就下雨,而且是大雨,你信否?"

两人都不认输,最后居然以人头赌输赢。第二天果真降雨九十九尺,老龙王竟酿成大祸,承州府被淹了,千家万户的房屋、田产以及人们的生命全没了，地上的水与天相接，一望无际，这儿成了小白龙的家。天下无数苍生成了冤魂孤鬼怎肯罢休，它们的一股怨气直冲上天，天上的玉帝吃惊不小，立即派尉迟恭急斩龙王。

龙王吓得魂不附体，求救于袁守诚，袁守诚也觉得和龙王赌头之事有愧于他，故而出面请天子李世民出来挽救。李世民冥思苦想半天，后出了一招，宣尉迟恭进宫伴驾下棋（这样能帮龙王逃过午时斩头之劫）。君臣刚下了不一会，尉迟恭却困惑而睡。李世民高兴，不让人惊醒他，那想到尉迟恭虽然人在呼睡，魂却离身外出，来到荒野地折断一根长而宽的茅草，对茅草吹一口气，成了一口明晃晃大刀，尉迟恭有了这口刀，便不怠慢，急忙追上龙王，斩掉他头颅。龙王被斩后尉迟恭又魂回原身，苏醒了便对李世民说：龙王人头已悬挂于午朝门外……

龙王被处决后，又派帝尧下凡生于此，治国安邦，改山治水，后来还有大禹、秦始皇等。其中秦始皇还得到玉皇所赐的一根神鞭，神鞭在手，秦始皇如虎添翼，他手执神鞭，一鞭子就甩走了府城地下的土，这里便成了湖。接下来他鞭子一晃，水则飞天；鞭子一甩，山则荡平。据说后来的神居山就是因那时候秦始皇"赶山塞海"而来。

自此"承州府"没了，天上玉皇在帝就派张果老等几位神仙来山上帮人们开垦荒地、植树造林、碾米舂稻谷。这不，至今山上还藏有仙人碾、仙人臼、仙人石凳、仙牛、仙人棋等。

后来人们生活虽然不比以前差，但经常来神居山上，站在山顶面朝东北怀思那一条"神街"。

神童收拾"七十二怪浪"

早年，传说高邮湖中有"七十二怪浪"，那这些怪浪是从哪里来的呢？据说，高邮湖是由远古的一座承州府城沉没而来，很多人的生命及蛇、狼、虎、豹等都淹没在里面。这些死去的人与动物的魂灵成了湖里七十二湖怪，在湖里搅闹而形成七十二惊涛骇浪。它们休憩时，湖面风平浪静；嬉戏时，形成长头浪排山倒海向前推进。大小渔船如同小玩具被一只只无形的巨手拉扯，撞击而沉于深水中。有时天上晴空万里，眨眼间乌云就遮住了整个天空，接着是几个闪电带着滂沱大雨下得水天相接，百里长湖恶浪滔天，那大水漫上陆地，淹没了村庄、田野。另外还让你意想不到的是这些湖怪还会爬到岸上作孽。据说《白蛇传》中的小白蛇就是这湖中的一怪，它从湖中上岸与许仙结为夫妻，这里的镇江金山寺的老法海知道后，不让许仙接近小白蛇，小白蛇居然与法海斗法，引得水漫金山。

相传在此地不远处有一个算命先生，算出此地姚姓的渔民家有一个小男孩能治这些湖怪，先生来到姚家与小男孩的爹拉扯攀谈。

"你家有一个6岁的小男孩是吗？"

"那是我的宝贝儿子啊，不知怎的，他到现在都不会说话呢？"

"他是神童，天上让他下凡治理湖怪作乱的，你们是凡人，只要他叫你们一声，你家人即便不死也会害病。"

"湖中那些恶怪动不动就兴风作浪，引发湖中的一起起重大翻船事故，我们这些渔民叫天天不应，难道我宝贝儿子还有对付这些湖怪的本领？怎样才能让我儿去平灭它们呢？"

"你每天用船把他带到湖中，对天烧香祈祷。这样日复一日，经过七七四十九天后,在家等湖面上再出现怪现象时,用船把他带到湖中,让他与湖怪搏斗。"

....

先生走后第二天,小男孩的爹就按先生吩咐的去做,天天如此。说也奇怪,在小男孩跟着他爹奔波于湖中的那些天里,湖怪很安分。然而后来他们不再去了,湖怪就又从湖的东北处发起漫天大雾,渔民们眼看狂风即将来临,吓得胆战心惊,纷纷把船往岸边靠,而小男孩的爹却胆量倍增,带着小男孩摇桨划船、劈风斩浪向前而行。来到湖中,小男孩的爹感到很意外,自己孩子平时不说话,这次他却瞪大双眼目视前方,口中还念念有词,念来了上空不少似人非人的影儿。小男孩念过咒语后则应声倒在了船上。先生曾说过,小男孩倒下的一瞬间,就意味着他的神灵上天了。是的,你看小男孩身上真的有一股仙气飞上了空中,是小男孩的神影。小男孩的神影和天上数不胜数的影,像布满天空的鸟群一下子压向湖面,迫使那一浪高过一浪的浪潮退了下去,顷刻间,退浪的湖面又像锅里煮开的水在沸腾翻泡泡。还听到从深水里传来声嘶力竭的"啊呀呀"之声。不到一个时辰,湖面风平浪静了……

第二天湖中又起了一次浪,不过很快就平息了。此时湖面上不见怪现象,只见到小男孩的神影和一群似人非人的影来到小男孩的爹歇船的上空盘旋了两圈就不见了。后来小男孩的爹发现船头上有一张纸条,上面写道:

"爹,孩儿是奉天之命下凡收拾这里的湖怪的,昨天共收拾了 36 个,剩下的湖怪不死心,今天又来,结果又被收拾了 36 个,湖中虽说还有几个湖怪,但它们掀不起大浪了,我是天上神童,不能回您身边侍候您,在此与爹您老人家告别。"

....

这就是神童收拾"七十二怪浪"的传说。其实哪里有什么湖怪作浪,溯本求源乃是这里的山与水形成的怪现象。如今,有了气象站,天气预报准确,那骇人听闻的故事则成了过去的历史。

王西楼嫁女儿——话多

——王磐绘画故事之一

王西楼嫁女儿，是江淮民间传说的一个有趣的故事。

王磐（1470—1530），字鸿渐，自号"西楼"，江苏高邮人。住高邮城西三间楼上，他每日坐在楼中，似神仙住在烟云水月之外。月亮吹动着月边的云彩，王西楼一边饮酒，一边吟诗赋曲。酒过三巡，稍微休息一下就去作画，他的画卷，或轻、或重彩、或粗、或细，明暗清晰，再添加蓝天及红叶相衬，意境沉雄唯美。

王西楼最喜欢的是他唯一的女儿，女儿嫁给一个叫李贤的男儿郎。出嫁时，为在亲家面前露露脸面，他把这最值钱的物品——很多人出重金都不卖的画稿，装了两箱作为女儿的陪嫁礼。女儿上大红花轿时，王西楼再三叮嘱："要把箱子锁好。"

王西楼的女儿欢天喜地地进了婆家的门，亲友们见到两大箱陪嫁物品想开开眼，她却不肯给众人钥匙。越是这样李贤越认为岳父是一名画家，收入高积蓄多，箱中肯定藏有稀世珍宝，晚间进洞房不必急于去瞧。第二天早上，他趁妻子还未醒，决定在众人面前开箱炫耀一番。然而打开一看，让他大失所望的是里面装满了画卷，他误认为岳父舍不得花钱，用这些废纸来遮人眼目。李贤的娘更是愠然于色，当即命人抬到院子外面点火就烧，这寄情于山水的佳画眼看全部付之一炬，刚睡醒的王西楼的女儿听到外面风言风语的话，觉得不妙，掀开被窝"骨碌"起身出门一看，"糟糕！这是我父亲陪嫁予我的画卷珍品，怎么能烧？"连声惋惜冲入火中，拍打烈火抢出一卷。来到屋中展开，拿了一张"老母鸡领着两只小鸡"的画挂在了堂屋的墙上。

"哆！哆哆！鸡妈妈快带领你的孩子下来吃呀。"

王西楼的女儿抓来一把米撒在地上，呼唤画上的鸡下来吃食。话音一落，神奇的是原先一张静止的画面却动了起来，只见老母鸡想从画面上跳下来，然而又停下，甩过头来望望两只小鸡宝宝，伸伸腿、拍拍翅膀卷起它们，"扑通"一声跳到桌上，又从桌上跳到地上，放下了鸡宝宝。"咕咕咕！"啄米给两只可爱的鸡宝宝吃。在场的亲朋好友一边拍手叫绝，一边议论：

"神奇！太神奇了！画上的鸡居然能跳下来吃食！"

"这不是什么画，是活宝。"

"卖给我一张，我多给钱。"

"这是人家娘家陪嫁的宝贝，怎能卖呢？"

…………

众人吵吵嚷嚷，再加上他家里的人互相抱怨，后来这里大街小巷的人们所谈论的画多，竟然被说成了："王西楼嫁女儿——话多。"

露筋晓月

——王磐绘画故事之二

明代高邮王磐擅长绘画，这与他的襟怀潇洒是分不开的。他的画作扬名天下，《历代画史汇传》称赞他的画为"神品"。

"秦邮八景"之一"露筋晓月"的景观，是王磐画中的故事。高邮有一个杨员外过七十大寿，杨员外要画一幅中堂，看了好几个人的画作皆不理想，后来特差人到王家请王磐绘。前去请他的人在他家等了两天他均未动笔，到第三天傍晚，王磐才一个人关在画室。前去请他的人想欣赏他的绘画艺术，就站在廊檐下向室内观望，然而透过纸糊的窗子，只是隐隐约约见到王磐的身影，他站在桌边酝酿画稿，一会儿便去磨了几下墨，接着把砚台的墨汁朝一张纸上倒了一滴，再用笔圈了圈、点了几下，也就搁笔了。一会儿，墨汁干了，便卷起画交给来人，并叮嘱不能将卷着的画放下来看。告别王磐后，此人披星戴月往回赶，一口气来到高邮露筋集镇旁侧的河堤上，坐地休息。此时，他对王磐不许看画卷感到蹊跷，因好奇想来思去还是打开了画。忽然听到"扑通"一声，一个光团坠入河中，还溅了好几点水在岸上。是什么东西掉进河中，细看，咦！好奇怪！刚才见河里是一个月亮，怎么现在又多了一个呢？难道天上有两个月亮映在水里，抬头看，圆圆如银的月儿洒落在运河上，不远的镇上也镀上了乳白色，一切显得那样柔和静谧。哪来的两个呢？"不好！我这画中的月亮不见了，竟然跑到河里了！不管怎样，事已至此还是快回去。"想着卷起画往杨府跑，回到杨府已是大清早了，杨员外命人打开画幅，只见无数的星星闪闪发光，中间一大空隙，少一个月亮。问其原因，差人说了实话，杨员外虽感到不满意，然而觉得这是天意。

时间过得真快，不知不觉这白天就过去了，杨员外家灯红酒绿、鞭炮齐鸣，庆寿吉时已到，他先向高朋满座的众客致谢，接着就添油加醋地说起差人去王磐家请画回府途中的事。

"我差人去王磐家请来中堂晓月画，差人走到露筋河边，河神说，画中的蓝天明月太美了，在羡慕之余，被他摘去了月儿。"

"真有此事吗？"

"不信！你们可以去看究竟。"

吃过酒席，众亲友们随差人来到了露筋河，细瞧，却没有。"在哪呢？"

"你们来早了，要在我的请画归途那个时间才能看到。"

大家为看究竟，回到杨府一夜未眠，在拂晓时又来到了那里，再瞧，终于发现河中有两个月亮在晃动，然而天上只有一轮明月……

至今，人们还能看到这"露筋晓月"的奇观，然而却不知其中之谜。

"真奇怪！这水里怎么有两个月亮？"

"这是王磐笔下奇妙的画啊！"

"王磐画中的月亮不可能活灵活现地坠入河中，是大家在赞赏之余，神化此画而已。"

"是的，拂晓前那水中多出的一个月亮，我估计也是与天上光的折射有关。"

…………

一段错爱的姻缘揭开"众山之母"说

　　自盘古开天辟地始,天下的山都有山神,山神分为神仙族、妖仙族、魔仙族、鬼族,他们还有上下级关系。神居山上的山神属神仙族,是众山神的上级,山神们尊称她为神祖母。山神们是同一个母亲所生的同胞姊妹。然而他们生于天地间,却不知自己是从哪里来的。认为世间一切动物有生养繁殖,有母与子。而一座座山,哪有母山?他们没有母亲的概念,也不知他们之间的关系,这就有可能在无知的情况下产生姊妹恋情。面对此,神祖母想告诉他们真相,是秦始皇赶山塞海,把他们的母山粉身碎骨,使他们母女失散。然而又想到山神们在她的管教下,刚修炼成半仙体的山神,说出来会引起天下动荡。故而只转了一个圈跟山神们说:"天上曾派下神仙把太行山分成若干个山。你们同样可能是神仙下凡由一座大山分成的,切不可在姊妹之间幻想恋情。"

　　然而事情并不像神祖母所想的那样,错爱的风波就在她的身边刮起了。她有一个爱徒叫泉儿,另一个徒弟(也就是泉儿的师姊妹)叫桃花,两人在学艺的过程中产生了恋情。神祖母知晓后把桃花赶回了家。然而泉儿不理解神祖母的心,则无心学艺,经常回家。他家住在神居山附近的甘泉山上,这一天泉儿告别师母回家。他下得山来,正一路烦闷向前行,忽然发现前面小山口有两个小亮点,不一会儿亮点却变成两个光环罩着的妙龄少女。不用问,这两人是一奴一仆。她们如同仙女下凡,轻移小步缓缓向泉儿迎面而来,不几步便和泉儿打了照面,其中一个穿绿色上衣的女子上前一步道:"你这小子,为何挡住我家公主的去路?""小妹,休得鲁莽!"后面穿粉红色上衣的女子急忙劝阻身边无理问话的妹子,并向泉儿作了一个万福。

原来穿粉红色上衣的姑娘是仪征月塘凤凰山名扬在外的魔仙族公主，叫凤仙；另一位是她的仆人，叫小峨。她们出门游玩，现在回家走反了道。凤仙的一番话语柔情似水，泉儿不但不计较前面小峨那突如其来的问话，还对凤仙产生了一些爱慕之心。于是也笑脸说道："没关系。"就这样双方你一言我一语地交谈了起来。从谈话中凤仙也知道泉儿是甘泉山妖仙族公子，是神祖母的门徒。再细细打量，他端庄、俊俏、气质十分迷人，像天上的仙人儿。凤仙越看越爱，瞧得泉儿不由得捂了捂鼻翼，倒有点不好意思了。凤仙羡慕泉儿的人品，又为他有一位名不虚传的师母而高兴。提到神祖母忽而又问泉儿："我们家旁的桃花山上有一个叫桃花的姑娘是不是你同门的师妹？""是！前天她回家了……"提到桃花，泉儿闭口不说他与桃花的恋情。只是因为失去这一关系的今天，又遇上凤仙，使自己再添恋爱的醉意，此机会怎可错过。

接下来他和凤仙巧言来巧言去地说道："公主你们回去的道走反了，应该回头跟我走。""你也是去凤凰山？""不！我回家，去甘泉山。改天我去师妹家，顺便去拜访你的二位高堂！""我没有爹娘，只有一个干爹，到时我和干爹在家等你。我们对回家的路不熟，请你在前我俩随后一道走。"说着凤仙她俩便掉头退一步让泉儿前面走，泉儿也不好意思在前，就这样你推我让了一番，最后只好并排而行。

一路上凤仙又接上前面的话题道："你说改日去你师妹家，还不如今日和我们一道走，免得你一人去路上孤单。""我回家还有点事呢，这样吧！明天晚些时去。""明天你先到凤凰山，我带你去。""好，谢凤仙姐！""看你人不大，可真坏！没说几句话，倒口中叫出姐了。"小峨在两人谈话中插了一句，双方花言巧语地戏弄，刹那间，也就到了甘泉山脚下。泉儿止步道："前面就是我的家，两位姐姐去小地方一歇再行如何？""不客气！来日方长。"双方嘴上说着告别，但谁也没先动脚步，后来还是凤仙先带着小峨轻移身行。

没走几步便再次回头打量泉儿一番，从头上取下一根金簪递给小峨。小峨心领神会，回头赠予泉儿，泉儿谦让推手。小峨道："你以去你师妹家为由实则拢我姐家是真，现装的什么相？"说着阻拦着泉儿推回送去的信物，又硬从泉儿身上取下一把白龙剑送于凤仙。这时凤仙终于松了一口气向泉儿招手告别。泉儿呆呆地站了半晌，待凤仙两道黑影消失在眼前才攀山回了家。

甘泉山一面临水，三面是林。往上眺望可看到山凹处有一古典式明三暗五的四合院。看上去泉儿家不是富豪人家。的确！泉儿之所以能成为这里的山神是沾自己师母的光。他没有父母在身边，家中也没多少人。进入家门来，迎接的人只是他的仆人童儿，在童儿的陪伴下，他先问了一下家中的事，便去了房间半倚半卧于床榻上。此时的他心扉里又飘来那凤仙的倩影，那娇滴滴的声音在他耳边回波荡漾。"我们又见面了……"泉儿一语未表达完整便羞得满脸通红。他只是低下头目视站在面前的凤仙似一朵未开的桃花，想扑到她的身上痛吻一番，然后又竭力地控制着自己。后来俩姑娘被身后的几个人抓走了，又来抓自己，泉儿一惊而醒，方知是一个梦。醒来后的他心神不安，魂不守舍，天亮洗脸漱口后仍是这样，刚把洗脸布晾起，便问身边的童儿："天是否晚矣？"早饭吃过，他坐在家里一个时辰、一个时辰地盼时间快点过去，一到午后他便立马收拾行李上了路。

他走小路，过高桥，河流大川没心瞧，快马加鞭不多时就到了凤凰山。想向山上去，然而又停住行步，为的是让凤仙来迎接，这样进山光彩。此时天上的太阳已躲到山后去了，露出半边脸，染得天上的云层五颜六色，甚是壮观，归宿的鸟群叽叽喳喳惊天而过。泉儿仰视一会儿天，又向凤凰山上眺望，山上的人还不少，但不见凤仙她俩。

"泉儿，我们在这等候多时了，快随我俩上山。"泉儿正在山前山后寻找凤仙她们的身影，然而她俩的声音就在自己的上空回荡。顺声音向上一看，原来凤仙她俩就坐在自己侧身的一棵树上闭目养神。当睁眼看到自己心上人在此，立刻打招呼跳了下来。双方见面寒暄几句，凤仙便请泉儿前行，泉儿也不客气，在前直向山上有一片房宅的方向而去。

渐行渐近，"呀！凤仙家原来是个大财主。"红色的门楼高大雄伟，门楣上悬挂匾额，左右两尊石狮子，面目狰狞。泉儿在凤仙的邀请下进入大门向里走。庭院阔大，屋宇轩昂，两旁的奇花异草飘出一股股芳香。穿过两重院，后面是一座大厅，碧砖琉瓦、飞檐翘角。大厅地面上金光闪闪，东侧悬挂彩幔，珍珠放满橱柜，古玩字画等应有尽有。大厅西侧是一排画屏，隔开后堂的角门，画屏上雕刻着菊花，正堂悬挂着南极寿星图。泉儿由凤仙陪着正看得入迷，忽然听到人声聒噪。噢！原来众人簇拥着一位阔袖长袍、仙风道骨的老者，到了大厅正中，由两个童儿搀扶坐于八仙椅上。"这就是小女的家父。"凤仙在向泉儿介绍的同时，向干爹又是行礼又忙介绍泉儿。泉儿不敢怠慢，上前弓身施礼道："晚辈来得鲁莽，还望前辈见谅。"说着又向老人家磕了一个头。"有朋自远方来，不亦乐乎！公子请起，上坐。"

一老一少对坐谈了少顷，随凤仙左右的小峨，向老人家又是努嘴，又指了指后面，老人家明白小峨的意思，立即起身，小峨随后进入另一间厢房，在里面耳语了一会儿后，搀着老人家回坐原位。接着又来到泉儿侧身耳语道："昨天在你家山下，你们不是互赠定亲礼物了吗？刚才在行跪拜大礼时，怎叫我父（小峨随凤仙同称老人家为父）前辈？请你改口，重新再拜。"说着又用脚碰了一下泉儿。周围有几个围观的人在捂着嘴笑，笑得泉儿满脸涨得通红。他知道现在是时候了，如再装糊涂恐变成人们的笑柄。于是起身整衣，恭恭敬敬地重新跪地叩首道："岳父大人在上，请受小婿再拜！""哈哈！贤婿请起！"起身笑着用手相搀，随即吩咐厨房摆酒设宴招待。老人家上坐，泉儿对陪，推杯换盏、相互畅饮。酒宴结束，老少意犹未尽，又谈笑一回，老人家方去房中休息。

泉儿由凤仙陪着来到门外，漫步于山间景幻之中。俩人不出门便罢，一出来却惹出了一连串的祸水。正在他们兴水游江之时，感觉周围有一道不祥之光一闪而过，后却被人用定神法定着而动弹不得。紧接着凤仙瘫软在地，泉儿被蹿出来的两个黑衣人掼于囊中飞奔下了山。但巧的是，没走多远就被两个持红缨枪的少女拦住去路。"大胆的狂贼你等偷的何物？快给你家姑奶奶放下！"两个黑衣人被这突如其来的叫喊，吓得浑身颤抖，扑通一声将泉儿扔于地下。与两女子且战且退几个回合之后逃之夭夭……

泉儿被这一摔，昏厥过去不省人事。待自己醒来后，发现自己躺在了一床榻上，微微睁眼，一眼瞧见守护在身边的是两位眉如新月、脸赛桃花、衣着一色打扮的姑娘。"凤仙？不是！你们是？""我们不就是你家邻居小金、小冈妹子吗？"原来自报名字的小金、小冈俩姑娘是小金山、蜀冈山上的山神。这两座山和甘泉山只有百余步之遥。泉儿和她们从小在一块长大，是密不可分的友邻。不仅如此，小金比泉儿小一岁，她对泉儿还有一段单相思。然而泉儿却口口声声叫小金"小妹"，没恋爱之意。这几天，小金听说泉儿去了凤凰山，心中很不是滋味。然而又不知那两个黑衣人与凤凰山有何过节，把泉儿逮到这里，被姑娘营救于家中。泉儿躺在榻上一天多，小金忙前忙后，寸步不离。其实泉儿并没受重伤，醒来后，才知道是小金她俩救了自己。此时的他虽躺在床榻上，但心却在凤仙那，更怕凤仙着急，故想从榻上起身拜谢俩妹，立刻回凤凰山。小金知道泉儿要离她而去，怎肯罢休。在没有办法的情况下，只能编出一套话哄骗泉儿。"凤仙先觉得你人好，后你到了她家几经周折又觉你人土，嫌你家贫寒，故骗你外出，叫两个黑衣人把你带去山下害了。"此话本来说得泉儿将信将疑，此时小冈又气喘吁吁从外面带来了凤凰山派来圆谎的人，来人是前面提到的桃花。

泉儿被人逮去落到小金山，凤仙知晓后，认为是小金派人所为，火冒三丈要去和小金拼命。站在一旁的小峨眨了眨眼道："你常叫我不要鲁莽，你也不可过火。对此事你也要采取先礼后兵的办法，请桃花去小金山说和，你看怎样？"就这样凤仙请桃花来到了山上。然而桃花这一出现却把此事推到了风口浪尖之上。是的，往日桃花、凤仙好似一家（桃花所在的桃花山和凤凰山两山相依），后来桃花听说泉儿是来她家的，却为凤仙所留，心中很是不悦，故而来此，一见面反过来劝告泉儿道："小金妹说得对，你切不可再回凤凰山。"

桃花回去对凤仙又没说实话。只是说没劝得了小金姑娘。凤仙气急动用了山上（包括在外面邀请）的一千余名骁勇善战的兵士，浩浩荡荡来到了小金山下与小金人马会了面。见了面的双方还是忍着心头怒气，强装笑脸互相问安。接下来为了泉儿更是唇枪舌剑："你为何把我的情人骗去，又派人陷害！""你胡说，不要脸。我们才是情投意合呢，前天是泉儿去当着我父面和我订终身，你吃了哪方儿的醋，将我的心上人带来你家，还在此倒打一耙？"凤仙越说越急，忍无可忍上前来揪小金的衣服，不离小金左右的小冈一个跃儿跳出，用手中的红缨枪拦了过去，不许凤仙碰到她的主人，并用力一推，凤仙站立不稳，一个趔趄差一点栽倒。然而护住凤仙的小峨一手托住自己的主子，一手握着金棒向小冈腰部打来。小冈眼疾手快，用红缨枪迎了上去。她俩一个使棒，用的是"横扫千军"之绝技，一个使枪，用的是"枪挑小梁王"之险招，你来我往如闪电，又如霹雷，双方上蹿下跳一下子搅得大地尘土飞扬。

"你们不要打了，有两个人把泉儿带走了！"正在她们打得难解难分之时，小金山上有人叫了一嗓子。凤仙、小金随着众人向前看去，原来带走泉儿的两个人分别是神居山神祖母左右的黑虎和小白龙，他们走了没多远，小白龙掉头在众人的头顶上转了一圈喊话道："你们这死不要脸的黄毛丫头，居然自己谈起恋爱，神祖母有令，命你等速速去神居山请罪！"说完就离开了。神居山来人给凤仙一个措手不及，发愣了半天的她似觉得自己冤枉了小金。接下来头脑发热，又认为从她家山上带走泉儿的那两个人就是小白龙和黑虎，不过今天他们没穿黑衣裳，露出了本来面目。与此同时小金又想道："刚把泉儿的心收回来，神居山又来人打岔儿。"虽然双方原来是敌对仇家，现在却立即一致对抗神居山神祖母，她们怒火万丈，立刻整顿两处人马向神居山出发。

两队人马一路上吆五喝六，伴随着马嘶之声在上空回荡。然而上空也还有嘈杂声，细听是有人在议论："你们两家前面打得不可开交，现怎又一路而行？""听说她们原来都是讲理之人，然而现在为娶马马……不！为一个男人，居然'狗脸上栽毛'，时而好，时而孬。""她们在家里脸要得不够，还要到神居山上叫神祖母给装脸。"凤仙听到这些话很不是滋味，抬起头扫视一下天空，发现前面的天上有几朵云，云层上有几位神仙，话是从他们口中传来的。凤仙估计这些神仙是神居山请去的，想上去问他们在胡说什么，然而自己等众人是半仙无法入云，也只好受着窝囊气带队伍跟在他们云层下面向前行进。

来到了神居山脚下，再向上看，呀！山顶上云层滚滚，云端之上站着威风凛凛的神仙。凤仙一路之上那嚣张气焰一下子变成了惊恐万状。但在众人面前藏而不露，仍然让人看上去像稳操胜券的样儿。

"凤仙姐你们来这意欲如何？"原来向下喊话的是泉儿。泉儿从山上匆匆而来，走到了她们队伍当中。凤仙还有小金一两天不见泉儿，望眼欲穿，想说出自己的爱慕之心，却欲言又止。然而泉儿（这次上山经神祖母再次调教）显得比她们沉稳得多，指指天空意在你等身处危险局势不可放纵，否则会有麻烦。

在泉儿提醒后，凤仙等心里有点明白。但又错误地认为理在自己这边，显得无所谓。泉儿又着急道："你等不可误怪好人，神祖母没派人抓我，是派人叫我回山上。另外前时神祖母病卧榻上，还关心着你们的事，派小白龙和黑虎下山帮你们抓住了那两个黑衣人，现在关在山上。你们怎么怀疑那两人是神祖母所派的呢?"泉儿这句话起到一点效果,使她们暂缓与神居山神大动干戈的态势。泉儿知她们心中还有未解开的疙瘩。又道:"神祖母含辛茹苦把我们从一群妖魔鬼怪炼育成今天的半仙体山神,难道你忘却了不成?""我们永记心怀,但我恨她不该干扰我们的婚恋。""我们山神们是一母同胞,万不能有婚恋的幻想。""我们真有母亲?我们的母亲是谁?""神居山就是我们的万山之母,我们的母亲已来到眼前,还不速速随我一起跪下请罪?"泉儿说着就带头跪在地上。

凤仙等向泉儿跪拜的对面向上看去,神祖母真的来了。她手执黄金杖衣带飘飘立在神居山山腰间的峭壁悬崖边沿上。小白龙、黑虎分别站在她的左右两侧,后面云集了众多山神。老人家脸起怒色看着下面的凤仙等,凤仙等先是一愣,眼前的神祖母居然是我们的母亲,我们这些做孩儿的真是不孝。接着又认为泉儿受神祖母骗了,大家各据山头,哪来的母山?故而在她的带动下众人一个个站在那无动于衷。"大胆!泉儿已告诉你们,眼前就是尔等的母亲,还不速速跪拜!哇!咋咋咋……"向下大发雷霆之怒的是云层上的玉皇大帝。话音过后雷公老爷又"轰轰!轰……"响了几个闷雷。凤仙、小金等万万没想到她们的到来惊动了天上的玉皇大帝,此时此刻吓得她俩魂飞天外而不得不跪倒在地,其他众人也随着全部跪下。

其实泉儿的到来,凤仙等只是感到甜蜜。但泉儿的告诫难以让她们相信,仍然存有动武的危险。在这种情形下,玉帝不得不大动天怒。然而玉帝又觉得她们人虽跪着,但心里却不肯屈服。故而给她们又下了一剂猛药,即命手下人把收藏在天庭内的"秦始皇赶山塞海"的画面展现了出来。凤仙等这才明白,原来她们这些山,是被秦始皇赶神居山而形成的。

眼前的一幕幕景象逐渐消失,然而过去神居山那高耸入云的形象还在凤仙她们脑海中不断翻腾……万万没想到神居山真的是她们的"万山之母"。她们因有这伟大母亲而感到骄傲,同时又悔不该和自己的家人闹腾,凤仙懊恼不已。此时听到有人喊:"不好!老人家神祖母晕倒了!"凤仙立马安定众人,要求诸位原地不动,召唤泉儿、小金跟自己一起上山照看母亲大人。待她们来到山腰时,老母亲已被人安抚好躺在轿子上了。

另外桃花也在神祖母身边,前面凤仙带队去小金山,桃花与其有很大意见没有一同前往,来到了神居山把详细情况告诉了神祖母。桃花见凤仙、小金两人已醒悟,在高兴之余也是后悔,今天二位姐姐闹到这个地步她有很大责任……此时她和姐姐们抱头痛哭,边哭边说:"我对不住母亲!对不住二位姐姐,还有泉儿哥哥!""桃花妹妹!我们都属无知,错怪了我们的母亲大人,来!我们一同再跪拜母亲,求得她老人家谅解……"凤仙用恳切的语气招呼着桃花和她们一起跪下向母亲请罪,向上天请罪。

至此"神居山是众山之母"一直流传在人间。

第三篇 神龙传说篇

　　远古,神居山的地形孕育龙卷风,先民们就把这天象说成天上的"龙"所致,慢慢地也就萌发了龙文化。时至今日传说越传越多。例如:

　　小白龙回家探母接连闯下滔天大祸,被天上来人抓捕坐牢……因小白龙是老龙王的私生子,儿子犯罪,老人家也被天上玉帝贬为蛇。

　　龙王爷俩被追究的结果是:龙王先为陈家寨一个叫琅珞的小伙所救;小白龙没人救,一直被天狱长天罗关了十多年才出狱。出来后,遇上两个好心人才使它走上了正道。

　　这两个人一个是莫家村叫水生的人,另一个是神居山南侧张家大庄姑娘三妹。

神居山是"龙起源说"之地

自盘古开天辟地以来，世上没有"龙"之物，也没有"龙"之说。后来，中国开始流传"龙起源说"，而这就是从神居山说起的。龙虬庄古文化遗址发掘出不少"龙骨"和带有龙的器皿，更加印证了"中国龙"之说是起源于"旧石器"时代的神居山。

神居山因地形与她旁侧的高邮湖经常孕育一种"龙卷风"。远古时期，先民们把这种自然现象称为天上的"龙"。这"龙"从高邮湖发起时蔚为壮观，尤其让人惊诧不已的是，有时还出现一白、一黑两条。白龙吸着湖面上的水，黑龙缓缓向白龙靠近并与其交织在一起，形成水柱挂于天地之间，水柱接近水面时呈喇叭状，一会儿，上部又圆又大，中间较窄，像一个"漏斗"。后来，水柱慢慢收缩成了龙的尾巴，带着一股强劲的暴风骤雨向神居山推进，于山附近落下。见此现象，先民们认为是"龙"来山上了，去察看发现山上有一个洞，"噢！怪不得龙常来这山上，因这洞是'龙'的家——'龙窝'"。

当时，龙先民们很羡慕"龙"，同时也害怕"龙"会发脾气，当一看到它出现在天上时，手上就拿一把石刀；在人们造房子时，怕"龙"来把自己的屋子抓走，又在屋顶上放上刀具。

每当龙卷风起，人们便说"龙"回家了，从此中国便有了"龙"的传说。

小白龙探母

很久以前,神居山上住着一户姓陈的人家,人们称这家的主人叫陈大户。陈大户的结发之妻早年亡故,只和膝下名叫翠娥的独生女儿相依为命。一天,陈大户正在家中闲坐,忽然听到女儿失声大叫:"爹!娘!"他从椅子上起身飞奔去了女儿的闺房,破门而入。不瞧便罢,一瞧气得七窍生烟。陈大户指着翠娥骂道:"你这贱……"接着便"啊呀"一声又吓晕了过去。让老人家惊魂的是,一个未出嫁的黄花大闺女,怎么眼下两手扒住床边在分娩?然而生出来的又不是小孩,却是一条"小白蛇"。

陈大户不明真相,错怪了女儿。其实,翠娥很守家规,至于为何怀孕、分娩,连她自己也不清楚。另外陈大户看错了,女儿生的不是蛇,是一条小白龙。小白龙初降人世,不像刚临盆的婴儿那么乖巧,它昂头翘尾、张口向前游动,然而又退后想接近自己的亲人,结果使外祖父昏厥倒地,母亲吓死。此时外面雷声大作,大雨倾盆。这是上天在为它的亲人哭泣,然而小白龙才刚出世,还懵懂无知,怎知母亲是生还是亡故?小白龙认为天老爷是来接它上天的,故穿墙而出。

小白龙出门见风一下子便长了十丈,天高任鸟飞,它驾云腾飞,一会儿直冲天上,一会儿又俯冲出云头,真是无比快乐。"小白龙,你在这干吗?"它正在游荡,从云层中飘来一个老者,来者是经常来往于神居山的仙家太白金星。老人家有先知之道,晓得翠娥已怀孕一年零两个月,今天生龙子,特赶来收这小家伙。巧的是,在这碰上了,故发出一问。接着太白金星又灵机一动,指着不远处的一群群鸟儿问:"它们在干什么?""小鸟欢歌笑语围着老鸟转!"又指着下面的海问:"海水里面的鱼呢?""小鱼追着大鱼游玩!"这一下，小白龙大梦初醒。"小鸟、小鱼是离不开它们的母亲的，我怎么能抛开母亲在外面玩耍呢？"想到这便跪下向太白金星磕了个头，感谢他老人家教诲。太白金星也觉得小白龙是个懂道理的好孩子，便当场许诺收它为徒。小白龙再次跪下又磕头行拜师礼。

太白金星叫跪在地上的徒儿起来，回去安置一下再来学艺。然而这一放他回去，却是连连闯祸。小白龙一抬脚先下高邮湖里洗了一个澡，然而他不知自己身子一动就是祸，故在水里这一放荡，就撞塌了湖堤，淹了不少居民。

来到岸上，向前没走多远，遇到十多个"小混混"闹嬉皮，拦路不许它通过。小白龙哪会把他们放在眼里，一伸手小混混全被打趴下，其中还有一个伤身。由于和小混混打斗，耽搁了行路时间，故一路加速狂奔，但却带来了飓风，又使不少的村庄、农田遭了殃。

好不容易赶到家，未开门就乐开了，喜的是可躺在母亲的怀里撒一次娇。但打开门一瞧，屋里却空无一人，那一颗想拥抱母亲滚烫的心荡然无存。"难道母亲不要我，躲了吗？还是出了意外？"它急得暴跳如雷，尾巴一扫，竟然把整个庄上的男女老幼（包括住在另一间屋里的外祖父）以及屋子等一切全部卷入空中飘落到了山下，只剩下光秃秃的山顶。没有了障碍物，放眼去寻他的母亲，的确看清了，那较远的低洼处有一白布裹着的女人。小白龙急忙腾起身穿越而去，一到那便放声大哭。但令他感到意外的是，心急如焚找到白布裹着的母亲却是一具僵尸。其实它一出生母亲就死了，可它怎么知道？如今在外闯荡了三四天，略长一点见识了，方晓母亲已不在人世，又糊涂不知其母死因。小白龙正哭得天昏地暗之时，迎面来了两个人，他们是抬翠娥尸身到此安葬的，却被前面小白龙旋出去的飓风甩出几里路，刚从远处赶来，小白龙误认为母亲是这两人陷害的，不管三七二十一，抬起尾巴横扫，将两人甩出千丈之处坠落而亡。

此时天空又一次变脸，震耳欲聋的天雷一个接一个地向这儿吼叫，闪电霍霍也离不开这儿。再看天好像要掉下来似的，乌云压顶笼罩大地，霎时间又一个雷电闪过后，从半空中冲出三个人，他们是天上老龙王父子三人奉天罗殿天罗狱长之命，特来捉拿小白龙。它们一到此，便把这小东西绳捆索缚，驾云腾空向天庭而去。半途中迎面碰上了小白龙的师父太白金星，他老人家和龙王、天罗同在玉帝殿下称臣，有着过命的交情。尽管如此，太白金星面对龙王在路上杀气腾腾地押送小白龙也很气愤，便明知故问道："你们为何抓他？他是幼子？再说天罗应派人抓你这老东西啊！子不教，父之过嘛！"太白金星见龙王不理解其中之意。就干脆向他挑明，原来小白龙是龙王所生，到如今龙王却蒙在鼓里。那是一年多以前的一天，他外出游玩，看到神居山这地方干旱，就把身上储藏的仅有的一点雨下到那，陈大户家翠娥见到晴天降雨，便伸出一双玉手，接下屋檐水喝，这才怀孕的。这使一个善良、贤惠的姑娘百口莫辩。

太白金星的话虽不多，却使龙王吓出了一身冷汗，幸亏小白龙不晓，故向太白金星使眼色。太白金星也看在和龙王过去的交情上，不再追究，并叫龙王对此事暂时回避一下，小白龙让它师父带去，等小家伙把它母亲安葬了，再去找天罗说情。

两处人就此分手。太白金星事多，然而又不忍心翠娥尸体露天放着，于是让小白龙一人去安葬，又怕它再放纵，故而带着它一路向前。太白金星边走边语重心长地对小白龙进行教育，后由于有点事要去办，叫小白龙在半途中等他一会儿。太白金星前脚一走，小白龙则等不及了，径直向葬母的路上奔去。经南天门，因拿棍子打狗而形成的狂风刮走了下面许多村庄，又闯下大祸。小白龙很懊悔，但为时已晚。故而速速去安葬好母亲，再上天来服罪。是的，小白龙这个闯祸精，刚在母亲身上填完土，还没来得及祭奠，就又被天上来人抓走了……

琅珞救龙

传说很久以前，有一个爱吹唢呐的小伙子叫琅珞。在龙遇难时，他奋力救龙出了苦海。

琅珞出生在一个帝王之家，是一个皇子。后来竟成了落难人，住进陈家寨，给一个叫刘黑心的富豪家当长工。刘黑心命令琅珞每天天亮前就得为他家先挑满三缸水。

这一天半夜，他又爬山过坳到八九里外的虹碧洞去挑水。当走到那荒野之地，想到有点害怕就吹了两下唢呐，给自己壮一下胆子后，才开始弯腰打水。水桶快拎到洞口时，却意外地看到桶里有一个奇怪的东西，探头仔细一看，大吃一惊，原来是一条大蛇。吓得他不敢再往上提，又松绳把桶放到洞底，摇荡两下提上来一看，蛇还在桶里。接着又放下，提起桶蛇仍然在里面不走，那天水没挑一担，回家被扣了三个月工钱。

第二天，由于刘黑心家急于用水，琅珞起得更早，到那后又吹了一下唢呐，放下桶打水时，脑子闪着："东海龙王有一次降雨，使神居山上陈家小姐有孕，后生下小白龙，犯下滔天大罪。后小白龙闯祸又算在它的头上，被玉皇大帝贬为蛇，关在山洞里，连眼睛都关瞎了。龙王求玉帝开恩，玉帝回答他'要是天下百姓答应你的请求方可'……昨天桶里的蛇不会就是被贬的那龙王吧？今天我一定要打上它，得为它求情。"他边想边向上提水桶。水桶到了洞口，只见那蛇再次出现在桶中。琅珞便顺口道："蛇啊蛇，你不要缠我，我会代表天下百姓求玉皇大帝饶恕你，让你成龙归位。"他这一说真的灵验，蛇从桶里钻走了。

这是琅珞做了一件善事。然而没几天又一件奇事出现在他的面前，刘黑心从外面买来一条红鲤鱼,准备杀了炖汤。琅珞看到鱼双眼流泪,很不忍心,愿拿一年工钱,求他把鱼放了。刘黑心见钱眼开,马上答应,琅珞把鱼放回河里,鱼摇摇尾巴告别而去。放了鱼,琅珞因兴奋而夜里做了一个梦。他梦见那鱼是一个美丽的姑娘,来对他说:"你挑水,吹唢呐吹来的那蛇是我父亲,你求玉帝饶了它。而今,你又救了我,父亲叫我请你去我家做客,报你恩。"说完就不见了,琅珞也醒了,认为梦是真的,第二天便向刘黑心辞工向东海而去。走了好多天,终于到了海边,他站在海边礁石上向前望去,大海茫茫,不知龙宫在哪,于是拿出唢呐吹了起来。唢呐吹得海水哗哗往两边分开,出现一条岩板路通到他脚下。琅珞顺着这条路往前走,他知道,如果不吹唢呐,两边水就会向路上合拢过来。尽管害怕,他仍吹着唢呐,然而走了一段路后海水还是向他四周围了过来,还好他人所在的地方成了一个漩涡,水没沾身。琅珞觉得奇怪回头看去,见梦中的那姑娘站在很高的水面上用一只手转圈,这才知晓自己之所以站在这没有水的漩涡中是姑娘用了一种"神法"。姑娘也深深地看着他,并说:"我父亲听到你的唢呐声,派我来接你。"并叫琅珞闭上眼睛,牵着他的手向前走,不一会儿就到了龙宫水晶殿,琅珞眨眼一看,只见宫殿金碧辉煌。

宫殿大门张灯、二门结彩,在吹吹打打声中,龙王等一行人出了宫门,上前来迎接琅珞。进入正厅入座、敬茶,寒暄中多次提到琅珞救他父女俩之事。聊了一阵过后,摆上酒席,龙王推他坐上席,两人推杯换盏,一直吃到半夜才安排琅珞歇宿。接下来是三日一大宴,隔日一小宴,天天歌舞升平。就这样一晃十多天过去后,琅珞对龙王说:"我来龙宫日子不少了,想回家。"龙王挽留他,想让他在龙宫成家,被琅珞谢绝,龙王没法,就送他一斗银子和一斗金子,他没收。龙王又想将自己的三公主嫁给他,但又不好开口。后来眼珠一转计上心来,叫手下的仆人从库房搬来许多财宝,其实这都是公主的簪环、手镯等,只要他选一物就好张口让他接纳公主嫁过去。谁知琅珞不爱财,龙王这一计又落空了。后来琅珞看见站在他旁边的一只小狗很令人喜欢,恳请龙王把狗送他,龙王很高兴就把小狗送给他了。

琅珞带着狗来到家门。正准备开门,忽然听到身后一女子声音:"这就是你家吗?"琅珞掉头一看,却瞧见那讨喜的小狗摇身一变,成了龙王家的三公主。"你不是在我父亲面前说要带我回家,嫁给你吗?还不快开门,在愣什么?"此时琅珞既感到脸红又感到高兴,开门迎接公主,回家后两人就成婚了。从此,他们你侬我侬地生活在一起,很幸福。三公主是一个能干的姑娘,她对上山下地的活样样都做得来,春种秋收也没话说。琅珞再也不用去刘黑心家当长工了。后来刘黑心还想三公主给他做妾,被三公主治死,变成了蛤蟆钻进了阴沟里。除了刘黑心,三公主又带领人们推翻了当地的豪绅恶霸,夺回了属于琅珞父亲的皇位,让琅珞登基。

降伏小白龙

骊山之东莫家村,有一个小伙子叫水生。传说他曾经降服过龙王家的三公子小白龙。

说起小白龙人们也晓得,他一出娘胎其母就断了气,又没爹在身边,无人收管,故麻木无知、到处闯祸,成了闯祸精,被天狱长天罗关了十多年,后来他的师父太白金星念他是一个孩子去说情,这才被放了出来,再一次救了他。小白龙出狱后,心里很是不平静,故躲进东海,不愿为百姓们效劳。人世间遭大旱,河床干枯、井水见底,人们想不出办法。百姓晓得水生和小白龙有一面之交,就去找水生帮忙。

水生为了不辜负众人的期望,便到处打听小白龙的下落。一天在夜色来临时,躺在床上,昏昏沉沉之际还在找小白龙,不知不觉找到了天地分界线处,遇到一位白胡子老伯。老伯知道,他到处奔跑是为求雨之事,就对他说:"天上玉帝曾派人劝说,叫小白龙不要再想过去的事,好好去下面播雨。可他对玉帝派来的人过而不理,何况尔乎?在此,我指你一条路,去神居山穆家寨,请求一根降龙木去降伏小白龙。"

接着老伯又叫水生去花果山附近的一座大山中求王母娘娘帮忙。水生还在认真听着,老伯忽然不见了,却被一只远处赶来的老虎惊醒……

梦醒后天已大亮,水生认为梦是真的,起床收拾行李,计划先去找王母娘娘。他翻山越岭,不知经过多少个山沟、山梁才接近花果山,他刚想坐下歇一下脚,忽然发现头顶上有一中年女子边招手边向他叫道:"水生,花果山是猴窝你不可去,我是去找孙悟空的,现在已回头来这里了。"

"您是王母娘娘?"

"正是!"

不等水生说出自己的来由，王母娘娘便叫他把嘴张开，霍地把手中的仙桃扔到了水生口中让水生吃了。接着王母娘娘又送了一身衣衫叫水生穿上，并告诉水生："你吃了我的桃已成仙了，现在可以去办你的事了。"水生跪地磕头谢恩。

水生腾云驾雾急忙赶去神居山，到了山上砍下了一根降龙木，扛在肩头乘坐云头向东海疾驰。来到海边，他没歇脚，在上空旋了一圈。接着降下云头紧贴海面，将肩头上的降龙木伸入海中，人悬在水面上，风驰电掣般地转了一圈，降龙木犹如孙悟空手中的金箍棒随着水生的人转着在海中搅动。搅得天地摇荡、海水腾空。藏在深水中的小白龙顿时感到头昏眼花，便一头蹿出水面。一看是水生，哪还留以前情面，跳到水生面前刚要与其拼命，再一看水生身上穿的是玉帝宫中的官服，吓得他缩颈藏头。然而水生也翻了脸，一个鹞子翻身，腾空而起，跃上龙背。小白龙不怕水生，怕的是降龙木，还有天上的玉帝，故而俯首帖耳，没有反击，并叫水生从他身上下来，自己去播雨。

小白龙被降伏了，水生也驾云向西而去。从此水生在天上肩扛降龙木迫使小白龙播雨之事便传遍世间。

巧遇姻缘

从前,在神居山南侧不远的张家庄上,有一个婆子叫阿妈,老人家膝下有三个女儿,其中最小的女儿人们叫她三妹。提到三妹,人们很庆幸她能与龙王家三公子小白龙走到一起。

在莫家村小伙子水生降伏小白龙之后,三妹脑海中才有了点小白龙的印象。接着没过几年,天上的雨水又不正常了——时而连着下,时而几个月不下,特别要命的是到庄稼成熟时田地里旱得不行。于是三妹就继水生之后到处找小白龙,想用自己的三寸不烂之舌好言相劝。

这一天,三妹去神居山,并叫上她的两个姐姐跟着一块去,只对她们说去那银杏树上摘白果子。两个姐姐害怕空山野洼有怪,就在三妹后面不远处跟着。三妹每次去外地都仰头望天,希望能见到小白龙。这一次同样是边走边望,山上走遍了,也没见小白龙影子。正准备回家,又想到在家跟姐姐说的话,还要去银杏树上摘果子,便来到了树下,巧的是看到树上有一个身穿白衣衫的小伙子,小伙子长得十分俊俏,很羡慕,刚想和他搭讪,忽然听两个姐姐叫道:"不好!三妹有怪,快跑!"这一声吓得她不轻,转头跟着姐姐们跑了。到了家,三妹问姐姐:"你们在山上看到了啥?""树上那人后面有尾巴!"三妹想:"那人很正派,我没看到他有什么尾巴,那人也许是小白龙……"想啊想,那小伙子的美丽形象在三妹心中荡漾,慢慢地回荡出了一种爱情的火花。

从此后,她天天独自一人偷着去那找。这一天三妹和往常一样又来到了银杏树下,向上看还是没人。正感到失望时,从天上降下一朵白云,在她的头顶上飘呀飘,飘到了树上。一眨眼,白云一闪,闪出了上次的那个小伙子。

三妹很兴奋，目不转睛地看向多天想念的他，那小伙也一直注视着下面身着粉纱罗裙的三妹。他们四目相对、眉目传情。两人终于互相搭上了话。"阿哥摘些果子丢下给我吃。""好！你闭上眼睛等着果子。"聪明的三妹知道小伙的用意，半闭眼睛瞧着，竟然看到小伙后面真伸出一条长长的尾巴，并用尾巴"唰——"地一下向高处果枝扫去，劈劈啪啪掉下许多果子。三妹看到小伙后面的尾巴，想到他就是龙家三公子，三妹不但不害怕，还感到高兴。刚准备跪地向龙公子说求雨之事，忽然树上飘下一纸条："本人是小白龙，天赐你我二人良缘，今夜三更，我去接你。"三妹含羞捡于袖中而回。到了家中由于怕姐姐们怪罪，三妹便关起房门，倒在床上睡觉。二位姐姐也知道三妹的心思，看到三妹回家也没去打扰。

到了第二天，阿妈起得早，发现自己的小女儿不见了，床上还留下一封信，便叫起她的两个小女儿，问后才得知她是去龙宫，嫁给龙公子了，只好闷闷作罢。

龙娃丢失

张家庄阿妈婆子家的三妹嫁给龙公子后,这里的雨水真的多了,庄稼也长得旺,人们过了两三年好日子,庄上的人纷纷来找阿妈叫三妹回家,要当面感谢她。阿妈也想念自己的女儿,在人们的催促之下,天天在家焚香祷告:"请龙公子开恩,容许三妹经常探家。"三天后,天上有一只小鸟飞来,落在门前的树枝上,对阿妈道:"龙娃一周岁,三妹要回家。"阿妈得到消息急忙来到神居山上银杏树下,左顾右盼,真的等到自己想念多年的女儿背着一个娃从不远处迎面走来。三妹一见妈,便跪地求道:"女儿不孝,恳求娘饶恕!"阿妈见女儿成了龙王家三公子小白龙的夫人,并没有半点责怪之意,扶起女儿一边问长问短,一边往家走。

到了家里,阿妈想着三妹刚到家,没惊动庄上人,就在家中忙开了。她先接过三妹身上的娃,亲了几口,放在木盆里睡觉,接着就去忙着做饭招待自己的女儿。三妹也觉得离家好几年了,今天回来也不能闲着,故而拿竹罐去神居山井上提水。阿妈忙,三妹不去也罢,这一去却使娃出事了。三妹气喘吁吁刚来到井边放下罐子,还没舀到一瓢水,就听到小鸟在头顶上"喳"地叫了一声,吓得三妹一跳,似觉有不祥的预兆,仰头望鸟,鸟儿又叫:"阿妈煮饭,龙娃完蛋。"三妹一听大惊失色,哪还有心思提水,连罐都顾不上要了,直往家奔。由于跑得急,途中把一位老太婆撞倒了。见此景,三妹更是魂飞魄散,停下恳请老太婆原谅。老太婆从地上站起,两眼圆睁想吃三妹,又觉得吃三妹还不如害全庄人好,庄上人全死了,只留她一人闯荡世间!于是向三妹奸笑道:"阿妈煮娃,让人吃饭。""是我阿妈把龙娃当鱼煮了,给庄上的人们吃了吗?"老太婆阴险地点点头。接着老太婆还想说,三妹却没心思听，加快步伐往家赶，到了家，哗啦一推门，娃真的不见了，木盆边还有很多血。急昏了头的三妹，认为这真是自己阿妈所为，便一头向阿妈撞去，要和阿妈拼命。阿妈让得快，三妹一下撞倒在地，不省人事。可怜阿妈眼泪未干，就急忙上前捶打她的前胸："三妹醒来！三妹醒来！"三妹昏厥了好长时间，一口痰咽下而醒。见眼泪汪汪的娘温柔地望向自己，这下才觉得阿妈不会害娃。又想到前面老婆子的一些不轨行为，十有八九龙娃是被她陷害的。故而起身抹了一把眼泪，告别阿妈回龙宫，请龙公子去找那老婆子报仇。

三妹是一个明白的姑娘，只是一时气糊涂了，怀疑错了人，立即醒悟。是的，前面老婆子的确是一个山怪，她趁阿妈煮饭时，从窗而入抓走了龙娃，到山洞给吃了。在三妹的归途中，此怪又想害三妹，后又转为用三妹的手害阿妈及全庄的人。

这老家伙的伎俩还真厉害，就连坐在龙宫里的小白龙也被它迷惑了。小白龙火冒三丈命雷公老爷响了几声炸雷，紧接着急忙驱赶着残云将要水淹九州。他正在云层上忙碌着，碰见从云层下面回来的三妹。

"三妹！阿妈及天下百姓为何与我们龙娃过不去？"

"龙公子！不要问三妹，害龙娃的是山怪，不是我们，我们已为龙娃报了仇！"

原来三妹后面来了很多张家庄上的人，回话的是众人中的一个猎人。自从龙娃出事后，这猎人和庄上人日夜对着神居山焚香，请出山神帮忙打死了山怪，于是紧随三妹身后来到这儿。幸亏三妹和众人及时赶到，这才使龙公子明白真相，避免了一场灾难。

戏耍龙王爷儿们

据说龙王爷父子们在玉皇大帝殿下称臣，经常闹情绪。他们不敢在玉帝面前为所欲为，却与天下百姓过不去。百姓们也不示弱，大胆地出来戏耍他们。

老龙王为前面玉帝贬他为蛇，关在虹碧洞的事一直耿耿于怀。他给儿子们下令，一年内要么不给大地上下一滴雨，要么下一场大雨淹掉那地方。他有好几个儿子，儿子们都依照他说的办。三公子小白龙一开始也听老龙王的话，后来受到莫家村小伙子水生教训，特别是张家庄三妹嫁给他以后，这才使他与自己的爹分道扬镳，他主管的陆地深受人们的好评。每次出来巡游时，他都不惊扰居民们安静的生活。尤其对行云布雨，更是特别谨慎，连一株庄稼也不损伤，老百姓们非常敬爱他。老龙王看到人们生活一天天好起来，知道是小白龙违背了他的旨意，大发雷霆，于是命小白龙连下几个月大雨，把下面的人给淹了。可他的命令传下去后，小白龙无动于衷，他就委派大儿子火龙去接替小白龙，并把小白龙关进龙宫。

可怜的小白龙虽然被囚禁了，但他的心中还是装着人们，他想到自己的大哥肯定照父王的旨意办，去残害天下的人，故而挣脱绳索逃出了龙宫，潜伏在一座大山中的龙潭里。当他的大哥把东海里的水搬到天上还没下的时候，小白龙偷偷地把水运到山上的龙潭里。后来火龙一连下了几天雨，地下并没遭多大的水灾，还是一片金黄的庄稼，人们唱着山歌，快乐地诉说当年的丰收呢。老龙王气炸了，他又下了一道圣旨，要火龙在半年之内不给大地下一滴雨，让大地晒得裂开来，人渴禾枯。谁知小白龙却用龙潭里储蓄的水，每隔三五日便刮一次风或下一次雨，田里的禾苗照样长得旺，老百姓更加高兴，为和小白龙快乐地过年，还在附近盖起了"白龙庙"。

人们正和小白龙一道过年时，忽然东海里升起了乌云，那乌云正是老龙王和火龙爷俩掀起的。他们前面阴谋没得逞，打算来与小白龙拼命，火龙让他父王在后，自己不顾一切地用身体向他的小弟冲撞了过来，小白龙一躲闪，火龙却撞断了身边的一棵大树，还没收住身体又把神居山撞了一个大坑。龙王见火龙敌不过，自己上去又怕失了面子，升起了无穷怒火，他在空中奔腾咆哮，使地上的大树连根拔起，掀开了屋顶，树枝瓦片满天飞，霎时天昏地暗，大雨夹着冰雹从天上落下。

在龙王爷俩发怒时，人们躲身在一边不动。待他们喘气时，抬出了几条圆龙状的红色竹笼（事先准备的用竹做、布缠、节节相连），迎着天上老龙王故意耍斗他。老龙王先是看到好笑，再一看这支队伍的上空立着天上的玉皇大帝，估测下面的人们是奉玉帝的旨意用"耍龙灯"戏耍自己，这下吓得亡魂丧胆。当即摘下头上乌纱帽跪地求玉帝饶恕，玉帝却只是"嗯"了一声，并没再追究他今天的过失，挥手让其退下，老龙王爷俩谢恩后，便连滚带爬地一头栽进了东海，再也不敢为非作歹了。

人们依靠玉帝用"耍龙灯"吓倒龙王，得到了风调雨顺，过上了幸福生活。从此"耍龙灯"便成了一种风俗，每逢春节、元宵节、庙会及丰收年，各地都会"耍龙灯"来庆贺。

八仙斗龙

传说天上有张果老、韩湘子、蓝采和、何仙姑、铁拐李、汉钟离、吕洞宾、曹国舅八仙。有一天,八仙要到东海蓬莱岛去游玩,他们是神仙神通广大,本应该腾云驾雾眨眼便到,然而八仙并非如此,一路乘坐小舟摇摇晃晃前行。他们一边观赏风景,一边喝酒,划拳行令。"宝对宝一点点""哥们好""三元三""喜来财""五魁手""六六顺"……好不热闹,由此忘乎所以而引来了祸水。

原来,龙宫里有一条恶龙叫狴犴,在龙宫排行第七,称为七太子。这天,他闲得没事,出了水晶宫也来海上游荡,忽然听到前面海上有吵嚷之声,猛然加速漂近一看是一条雕龙之船,其内坐着其貌不扬的八仙。细瞧,其中还有一个秀丽女郎,她红扑扑的脸蛋儿楚楚动人,此女子正是何仙姑。七太子见她仙姿动人如丢了魂魄,早忘了师父南极仙翁的嘱托,也忘了龙王母的教诲,想入非非,迷上这位仙女了。此时的八仙喝了很多酒,酒醉如泥,不省人事,怎会注意到龙王家七太子心中藏有那苟且之事呢?七太子眼珠一转计上心来,便在平静的海面上突然掀起一个浪头,将龙船掀翻。

船翻的瞬间,八仙们顿时酒醒,分别腾云驾雾而起。吕洞宾顺手拿来铁拐李的拐杖猛一撑,第一个跳出水面;张果老翻身爬上毛驴驰骋在海面上空;汉钟离打开扇子放在脚底向上飞;曹国舅脚踩巧板在海浪上漂;韩湘子坐仙笛直冲云霄;蓝采和死拽住花篮在海浪中漂;铁拐李找不着拐杖抱着个葫芦与蓝采和漂在了一起。他们乱成一团各奔东西,后来还是汉钟离把翻了的船重新掀正,使大家上去安身。结果缺了一个何仙姑,这何仙姑到哪里去了呢?"我看见龙家七太子在附近神出鬼没的。""不错!原来是七太子把何仙姑抢去了龙宫。"大家认识到刚才的翻船,就是这家伙搞的鬼,个个恨得咬牙切齿,纷纷弃船腾空向龙宫奔去。

那花心的七太子也知道这些大仙不会善罢甘休，早在半路上等候着。自以为他在海中数不胜数的虾兵蟹将的簇拥下，定能治得了几位大仙。见大仙们气势汹汹，七太子急忙调兵遣将，让兵士们形成排山倒海之势向前推进，掀起海中巨浪足有几层楼高，可七仙们已到空中，他在海上的恶作剧却是白费心机。

大仙们看到眼前的小崽子抢了他们的人，还得意扬扬满不在乎，大声疾呼："尔等快快来送死，哇……呀呀！"第一个冲出的是汉钟离，他降落潮头，扇动手中蒲扇，"呼……呼……"两下就掀得那一群虾兵蟹将在浪里滚的滚、爬的爬。七太子见第一招败了，又来了第二招，命令海中的巨无霸来破汉钟离薄扇法，巨无霸张开血盆似的大口来咬汉钟离，汉钟离又急忙扇动蒲扇，然而那巨无霸毫无惧色，张开大嘴伸出长长的怪舌头，要连人带蒲扇一起卷走。正在这危急关头，铁拐李从吕洞宾手中接过拐杖，一下子砸向巨无霸的头，巨无霸一闪躲开拐杖，韩湘子也操起手中的仙笛加入战斗。

狡猾的七太子眼看巨无霸双拳难敌四手，手一挥又命虾兵蟹将中的首领章鱼及大海龟等一起上去。张果老看到他们那边又上去人了，便嘴一噘叫大家也一起上去。随着张果老的一个动作，这边闲着的人一拥而上加入了群战。特别是蓝采和最有心机，他见章鱼是那边兵将中的头，一上去就用花篮罩住了这个家伙；同时巨无霸也战了好长时间，渐渐力不从心，铁拐李手一伸又一拐杖打死了这家伙，接着顺手又打死被花篮罩住的章鱼。原来这两个东西一个是巨蟒，一个是章鱼精，剩下的虾兵蟹将斗志全无逃之夭夭，然而七太子却跑不了，张果老拍驴直追……

最后，七太子认输，现出了龙鳞摆动着龙角、龙爪，向大仙们求饶。老龙王见儿如此情景怎能不问，他老人家一边痛骂七太子，一边厚着脸皮代儿向大仙们求情，还请来南海观音大士、送出何仙姑两下讲和，一场风波这才得以平息。

后来八仙们再也没兴趣去游蓬莱岛了……

真龙地

神居山一带依山傍水,早年根据风水先生察看风水后得知,那一道道弯曲的丘陵上有很多处是"真龙地"。菱塘清真村就是其中的一处,此地被清朝一户人家看上,辟为墓地,后来家中子孙做了官,此户就是高邮王天官家。

该地在庄子南面,原来不是王天官家的,是曾家的一块墓地。当时该家祖父选这块地时,风水大师用罗盘看了说:"这是风水宝地!今天天上下大雪,这里却存不住,说明地下温和。"接着又贴着曾家祖父耳朵说:"不信你在这块地里藏下四五颗鸡蛋,二十天后,就会孵出小鸡……"曾家祖父当天晚上,就按大师的话办了。

王天官未考中前是曾家的一位教书先生,人们称他"王先生",当时,他也在场,大师贴着曾家祖父耳朵说的话,他也听到了。但他在心里暗想,不动声色,后来他按大师说的提前一天夜晚,带四五个鸡蛋去看究竟,到了那里,已听到鸡蛋里有"叽叽"的小鸡声,这果真是一块真龙地,他高兴地用带来的蛋给换了。过一天,也就是过了二十天,曾家来人看鸡蛋没有变化,认为大师的话不可信,也就不想用这块地了。

一年后,王天官母亲病故,王天官与曾家人商谈,请求将这块地让给他安葬母亲,曾家同意了。王天官仍然用原来的风水大师,大师说:"这块地是'真龙地',安葬你老母亲要选定好时辰,方有效果。后天有一个天赐良机,即一是等到戴铁帽之人,二是等到铁树开花时,三是等到天上鱼来打鼓,灵柩才能安置。"

王先生暗暗叫苦,这三个条件从哪来?刚想问,然而大师没等他开口便思忖道:"我已掐指算到,到时听我安排。"

两人交谈后的第三天，是菱塘逢集。墓地是街道的主要路口，路上南来北往的人很多。墓坑早已挖好，就等好时辰了，送葬的人四处张望，王天官更是焦急万分，任何人心中都没有底……一直盼望到巳时。

"戴铁帽之人已到！"

"铁树在戴铁帽子人手中开了花！"

大家随着大师的喊叫到处看："哪里有戴铁帽之人？又何来的铁树开花？"再细瞧："噢！有一位头顶铁锅的中年男子从南往北来到这看葬坟，意为头顶上的锅是铁帽子；他手拿火叉，火叉上扎一束花又意为铁树开花。"

"开始鸣放鞭炮！"

噼里啪啦一阵阵鞭炮声响起，巧的是，一只鱼鹰不知从哪条河里啄来一条鱼，在这空中盘旋着，听到下面的爆竹声，吓得"哇"的一声，鱼从嘴里掉下，正好落在送葬人的鼓上，"扑通"一声……

"鱼打鼓！时机已到，大吉大利，灵柩登位！"这时风水先生大声叫道。

王天官安葬母亲后，在家苦读数日便离开了曾家，赶考得中，直做到吏部天官。他母亲的坟被称为"天官母亲坟"。

后来人们把这块宝地叫作"真龙地"。

神居山上三"土龙"的出没之说

早年,神居山有三个山头,山的东、南、北分别有三条弓起曲折长长的龙脊丘陵。传说这不是什么丘陵,是匍匐前行的三条巨大的"土龙",这山上的山头就是它们昂起的三个头。后来因山下姓戴的几户人家挖土扩塘惹下了祸端,迫使山北那条"土龙"离去,其他两条相继也不见踪影。

那姓戴的几户人家,住在神居山之北菱塘佟桥村境内。当初,他们家的祖先选在这北面龙背上安家落户,为的是寄希望于后来的子孙有美好的前程,使其家庭兴旺而永不衰败。如今戴家的子孙真的成了大户,长孙成了大庄园上的庄主。然而在庄主掌控下的他们不但忘了本,还反过来恨这地势高,几百亩地以及人畜用水难以引上来,于是经商讨后叫来十几个民夫扩塘蓄水。神奇的是,第一天开挖拓深的塘次日又复原,连续几天都是这样。民夫中的工头对此感到莫名其妙,便去请教会八卦、懂风水的先生。先生听后很吃惊,立即去找庄主说:"神居山这片地上的三条'土龙'是我已故的祖父烧香请天神太白金星从云南、贵州交界处赶来的,你们家扩塘开拓之处是这三条当中的一条'土龙'龙脉,是将来出帝王将相之地,切不可随便动土,否则后悔莫及。"庄主道:"你这些无稽之谈难以说服我,再说即使是动土挖错了地方,也只不过受一点风险,总比我们停工没水干渴死了强。"说完便把先生轰走,同时又叫民夫们继续挖。

民夫们为了养家糊口,就听从庄主的吩咐又挥锹动土了。不过现在这些人明白,前面挖不成塘,是脚下这"土龙"之因。故而这次首先动土开挖的不是塘,而是去前面先斩断龙脉,他们一锹锹往下挖,挖出了一根粗似缸口(像树根)的黑藤,并认定这就是龙脉。顿时,他们刀斧齐下,但刀斧一停,伤口又完好如初。就在他们一筹莫展之时，正巧有一个木匠路过此地，工头很高兴，便招来请他帮忙用锯子锯，又大汗淋漓地忙活了半天，终于断开了龙脉，此刻只见鲜血溅出，流遍丘陵。这些人还不放心，又在龙脉伤口处插上 12 把铁锹。

民夫们不去开塘，挖断龙脉的事，庄主还蒙在鼓里。是的！庄主并没有指使他们去挖断龙脉。当时他虽说不听先生之言，后又怕坚持自己主张，万一触碰到"土龙"引来几家事头不顺怎得了，他老人家的心在翻腾，就在此时神居山顶上传来一阵刺激他耳膜的哀鸣声，细听这声音像虎又不是虎叫。难道是"土龙"？庄主更是心不安宁，立即整衣出门，一抬头使他傻眼了，离自家只有百步之遥的工地上，民夫们正在插锹绝断龙脉，便大声斥责："呸！你们在那挖啥？那不能挖。"老人家一边叫喊，一边向开塘的工地奔去，想挽救这不堪想象的后果，然而为时已晚，大祸已来临。晴朗的神居山上空，有一朵云瞬息万变，好似烧焦棉絮的幕布，一下子蒙住了整个天，云层中间又形成一个旋转倒挂的圆锥体状，看似有席卷大地之势态。庄主向前疾奔，再加上后边狂风的推力，眨眼之间就到了工地，然而他和民夫们还没来得及反应，便被越刮越猛的飓风旋到上空与草木、沙尘飘浮在一起。后跌落到了一条山沟里，随之而来的还有一道闪电，一声霹雳，又下起瓢泼大雨……

据说，风停雨住后，这些人只是被狂风摔了个半死，其中庄主被人找回家，大病了一场。受了挫折后的他，因胆怯害怕，没等身体痊愈便带着他们几家搬到高邮下河去了。

姓戴的几户人家因开塘不成都吓走了，然而蹊跷的是那里的龙脉丘陵地也不存在了，有人说是龙卷风把这凸出去好几丈高的龙脊地刮没了，其实不是，据阴阳先生说："这是'土龙'地，那天，天老爷得知姓戴的庄主让民夫们在这块地上作孽，下凡救那'土龙'而去。另外山的东、北两条'土龙'也随之去了。不信，你到神居山上去看那三个山顶全没了，哪里还有龙？"

三条"土龙"走了，真龙地也就不存在了，后来留住在这里的一些人家事事不顺、日渐衰落，更谈不上后代有什么出息，倒是出了一些偷盗。不仅如此，这不争气的后人还在外地勾结匪徒，来山上开坟掘墓，搜空山上财宝，山上成了"财已尽，鸟飞绝"的境地。

神洞——小白龙窝

"神居山"是古代五帝之一"帝尧"的故乡。有关神居山上神洞的趣闻之说,至今还被人们津津乐道。

"天生一个仙人洞,无限风光在闪光。"神居山真是神奇无比,步入神居山东南山腰,定睛一看,还真有一个洞,可这不是仙人洞,是龙洞——"小白龙窝"。洞口方圆九尺,里面像水缸一样圆而光滑的洞壁无穷地向前延伸。据出生在山上的刘木匠讲,他们小时候放牛时常去洞里玩耍。有一次他们向洞内走了将近一里远,突然发现前面有两个一闪一闪的火团向他们射来,吓得他们连滚带爬出了洞口。

"我看见里面有一条头如牛头一般大小的蟒蛇。"

"那不是两团火,是蟒蛇在眨眼。"

"那是'小白龙',它每年农历三月初三都回家……"

是的!据古人相传,起初,人们还不知山上有这个洞,更不知小白龙住在里面。一次,有人看见小白龙从高邮湖来到山上,就觉得神奇,便叫来大家说:"龙来山上了,我们去山上看个究竟?"说着此人就带着大家来到山上寻找,没找到它的踪影,却发现现在的洞。他们又估计这洞是龙的家,龙回家了,去它家里找。结果去的人没出来,又说那些人被龙王留下成龙仙了,后来仍不断有人进去寻找真相。

这些顽童进洞看到的是龙还是蟒蛇?在他们之前进去的一些古人是否真的成了龙仙?这都是未解之谜。

白龙塘

白龙塘在神居山的山腰间,清清的塘水像一面镜子,镶嵌在山地间,映照着天上日月之光华。

白龙塘并不独存,紧挨着它的是白龙洞。塘、洞与上首的古悟空寺成三角地形,古悟空寺下流淌着潺潺溪水,溪水汇聚到了白龙塘。后来由于地质变迁,没有了溪水,然而塘里总是存着接近两人深的半塘水,水清澈透明,就连塘底的小石子都能看得清清楚楚。这塘里的水从没人见它干过,据说有一年大旱,连高邮湖的湖心都干裂了,可这口塘里的水仍然是那么多。

这里原来没有塘,后来天上小白龙在山上安了家,住在这洞里,故而天老爷赐给小白龙一口塘。小白龙从洞里出来,到了塘里打一个滚,戏水上天。这半塘水是仙水哪!

话说山脚下住着一对母子,儿子小名叫兴儿,非常孝顺自己的母亲。他天天上山打柴,到集市上卖钱换米度日。他的母亲眼睛看不见,只能在家里摸着做些家务。老人多么希望能有一天睁开眼睛,帮兴儿多分担些家务活。有一天,兴儿去山上砍柴,走到白龙塘附近,发现一条小白蛇身上爬满了蚂蚁。原来这蛇是向白龙塘里游,因生病游不动了,再加上蚂蚁缠身,难以活命。兴儿心地善良,急忙回家拿来一只桶,到塘里舀了一桶水,浇去蛇身上的蚂蚁,看到蛇身上的蚂蚁被赶走,兴儿不停地给蛇浇水,蛇身上没了蚂蚁后才游进了塘里。此时天空又下了一场雷阵雨,这雨也许是天老爷替小白蛇感谢兴儿而下的。

时隔不到一个月,兴儿去山上砍柴回家,还是走到白龙塘处,一个穿白大褂的少年迎着兴儿走来,到了跟前,笑嘻嘻地问兴儿:

"你母亲的眼睛看不见是吗?"

"是!"

"白龙塘里是仙水,你去塘里舀仙水给她老人家喝,只要喝三次定会好的。"

兴儿当即舀了一瓢水,背起柴就往家里赶。回到家里,让母亲喝了三次。奇迹果真出现了,母亲多年的眼疾渐渐好了,到了第二天能看清东西了,她摸着儿子的脸左看右看,高兴得老泪纵横。

原来兴儿之前在塘附近救的那蛇是小白龙,小白龙为感谢他的救命恩情,又摇身变为白衣少年,告诉兴儿去塘里舀仙水给母亲治眼睛。

消息一传出,生病的人都去打水喝,果然一喝就好。

第四篇 历史故事篇

"江山如此多娇,引无数英雄竞折腰。"为了江山鞠躬尽瘁、死而后已的英雄们留有如下传说:

帝尧为把自己建立好的江山传承下去,造围棋教子于神居山。

广陵王刘胥为了江山,诅咒宣帝,事发后自用绶带致死,葬于神居山。

公元 383 年,东晋谢安为捍卫这块宝地,"……遂命驾出山墅,亲朋毕集,与玄围棋赌别墅……玄等既破坚……"

明朝第二代皇帝建文帝朱允炆丢了江山,削发为僧隐居于神居山。

帝尧造围棋

围棋是中国古代文化的瑰宝，有近五千年的历史，它对中国古老灿烂的文化以及人们智力的开发有着不可磨灭的贡献。

据如今历史学家们研究探讨，帝尧受神居山上许多小石子的启发，发明创造出了围棋。1200万年前火山喷散出的岩浆形成很多的小石子，特别是山的低洼沙滩处经千年洪水的冲刷，这小石子既圆又光滑，先民们经常拾些回家用作装饰品，然而帝尧却把这些小石子用于军事上的"攻"与"守"。尧在接替帝喾当上中原部落联盟的大首领时，就在山地上用树枝画出了一块块阵图，重要的地方放上小石子。后来又用若干的小石子布阵，演示如何进攻、如何防守，最后发明出两人对弈的围棋。

还有人说尧发明围棋是为了教子。据南宋罗泌《路史·后记》记载："帝尧陶唐氏，初娶富宜氏，曰女皇，生朱鹜很媢克。兄弟为逆嚚讼，嫚游而朋淫。帝悲之，为制弈棋，以闲其情。"意思是帝尧与富宜氏所生的两个儿子愚笨、本性不善、顽固恶劣，尧发明围棋来引导教育他们，让其成才。

围棋文化对培育我们下一代有一定的教育意义。

第一，围棋双方斗智斗勇，可有效地培养孩子们高度的注意力、敏锐的观察力、灵活的应变力。

第二，下围棋，每动一颗棋子就等于出动一兵向对方进攻，迫使对方设法应对，同样对方也是在向你进攻，你要设法打退他。在这个过程中，大脑得到了不间断的锻炼，变得灵活、聪明。

第三，学围棋能陶冶性情、提高素质。小朋友们下棋要求讲文明、懂礼貌，对待生动活泼、变幻莫测的棋局，棋手只有发扬顽强拼搏的精神才能取得最后胜利。

  总之，围棋对小孩子来说一定能起到积极的作用。晚清棋手陈子仙十多岁就来扬州，找扬州的围棋高手周小松挑战。周小松是扬州围棋世家培养出来的著名棋手，声名远播。周小松和陈子仙在扬州和神居山这两地多次交锋，成了挚友。不幸的是陈子仙早逝，周小松独执棋坛，他是神居山一带围棋之根上成长的围棋大树。

  围棋自古以来一直是人们所喜爱的娱乐活动，它不虚华，让人类的文明更加青春灿烂。

"淝水之战"与山上围棋

"淝水之战"发生于东晋太元八年（383），前秦向东晋发起吞并的战役，是决定东晋存亡之战。前秦苻坚统一北方后，又想统一天下，故带领百万大军南下，直取东晋。夸口言道："以我百万大军，每人一踏脚，就能把他们这所有的小卒踩得粉身碎骨。"

神居山是历代的军事重地，此地东面有一个叫"操兵坝"的地方，东晋时期的宰相谢安与他弟弟谢石和侄子谢玄奉朝廷之命在这里屯兵，大练兵马，练就了一支骁勇善战的队伍。

主帅谢安面对眼前强大的敌人十分沉稳，不动声色，在神居山上下起了围棋。

"白一立是第一步，黑二为诱骗之手，白三守筋，待与黑四交换后，再五扳，七做眼，即可吃掉黑棋……"

"报告大都督！苻坚分两路人马向我东晋逼近。"谢安正在和一位将军对棋，面对探马来报，他不慌不忙推开棋盘，又开始考虑另一盘棋——作战方案。他离开桌子向前踱了两步，便有了灵机："我何不用这棋中'诱骗之手'去杀一杀敌人的威风。"故而叫来一个叫朱序的官员如此这般去做。

谢安从方案中请出这一颗棋子（朱序）就像一颗定时炸弹埋进了敌军的心脏。谢安布置好此迎敌的方案后，便来到淝水淮河之北，让自己的侄子谢玄当前锋，把当地的百姓迁到南方，粮食都带走，不让秦军有吃的。他们正紧锣密鼓安排着，只见河对岸烟尘滚滚，敌方苻坚的大队人马已浩浩荡荡来到了前线。

前面假投降的朱序，凭自己的三寸不烂之舌说服了前秦苻坚，来到了他们的队伍之中，苻坚对于刚过来的朱序本应该谨言慎行，然而昏了头的苻坚却十分信任朱序，叫其去对岸（自己家）劝降谢石。朱序正好有机可乘，来到自家队伍里和谢石密谋了一番，就又回到苻坚身边。向苻坚假惺惺地说："谢石、谢玄不听劝，还口出狂言，要打败咱们！"苻坚听了得意忘形哈哈大笑，命朱序与自己一起登上城楼，往淝水东岸望去，只见谢安的营垒布置得很整齐，后面山上茂盛的树木，被风吹得摇晃不止，好似士兵。此时，苻坚倒吸一口凉气，再加上朱序前面的一番话，更有些恐惧。

几天后，谢石派人来提出让秦军撤离河对岸，腾出一块地方，让晋军过了河决战。苻坚没思量就答应了，苻融等却不同意。苻坚自以为是地说："这是我的诱敌之计，趁对方过了河没站稳脚就冲锋过去，定能取胜。"他的这种想法正适合谢安的调虎离山之计，队伍刚撤退就乱了套，秦军当中大部分是汉人，再加上朱序夹在当中一边扰乱全军将士的心，一边大声疾呼："不打仗了，我们往回撤啦！"又喊道："秦军败了，快跑吧！"那么多士兵，一听就慌了，撒开腿猛奔。苻坚拼命地拦挡拦不住，正渡河的晋军一看，一个劲地强渡过河，冲了上去，乱砍乱杀一阵，好几十万人的秦军就像秋风扫落叶般败得一塌糊涂。苻融在乱军中忙中出错，被自己的人马踩踏而死。

苻坚所带的这全国之兵就这样不堪一击，剩下的就是进攻神居山的另一路队伍还在激战中。谢安又马不停蹄来到神居山一带投入了战斗，在作战中他继续从围棋中找灵感，引诱前秦大将彭超上当，运用一种"围而攻之"的灵活战术，结果彭超大败。据《高邮州志》记载："晋孝武帝太元四年谢玄自广陵（扬州）救三阿（高邮神居山一带）大破之。"后来，谢安在"淝水之战"中下围棋的故事便被流传了下来。

《晋书·谢安传》载："时苻坚强盛，疆场多虞，诸将败退相继。安遣弟石及兄子玄等应机征讨，所在克捷……坚后率众，号百万，次于淮肥，京师震恐……"

据说，谢安在"淝水之战"中至少在神居山下过两盘棋……

神居山墓主人刘胥传奇

广陵王刘胥是汉武帝刘彻的第五个儿子,刘胥年轻时长得高大魁梧,双手能举鼎,空手可斗熊。然而他父皇汉武帝从不看好他,认为他是一个不遵守法纪的庸庸碌碌之人,武帝元狩六年(公元前117)封他为广陵王,定都扬州。

在任职广陵王期间,刘胥有着卓越的建国功勋,他一方面利用丰富的自然资源和便利的水陆交通,大力发展工农业生产和商贸经济,使得广陵国经济繁荣,文化昌盛。六朝诗人鲍照在经过广陵时,写下了流传千古的名篇《芜城赋》,文中写道:"当昔(广陵)全盛之时,车挂轊,人架肩,廛闬扑地,歌吹沸天……"另一方面刘胥为国家稳定培养了一位杰出的女英雄。他找到了江都王刘建的遗孤——刘细君,抚养她、培养她,使她成为一个才艺兼备的江南一枝花,深受汉武帝的垂爱,被封为江都公主,出嫁乌孙国王,汉朝与乌孙联姻,匈奴两面受敌,再难大动干戈,后来刘细君成了乌孙国母。如果没有刘胥的教育培养,就没有刘细君的美名,也就没有刘细君"琵琶之音"的称誉了。

因此刘胥常常受到皇帝的恩赐,昭帝曾两次封他食邑计二万三千户,这么多户是很广阔的一片天地,即今射阳一带。另外还赐给他两千万钱币及两千斤黄金,安车驷马和宝剑等物品。到了宣帝,对刘胥更是另眼看待,特地封他的四个儿子刘圣、刘曾、刘宝、刘昌皆为侯,迁出广陵国的辖地,还另外给封地,外加"吃小灶"。同时又封立他的小儿子刘弘为高密王,世世代代皆可传承。这说明两代皇帝对刘胥恩宠有加。

然而这前面给他带来是受宠,后面却是若惊。惊的是五凤四年(公元前54)刘胥在家中坐卧不安,成天感到惶惶不可终日,来到自家花园中散心,又说园中池水变红，鱼死了；老鼠怎么在大白天到处乱跑？更让人好笑的是，他说枣树生出好多根茎枝，茎红、叶白。其实这些都是正常现象，然而刘胥却提心吊胆，究其原因，是因他做了愧对皇恩之事。

他梦寐以求想登基做皇帝而不成，怒气冲天，竟找巫婆下蛊诅咒皇帝。起初这事并没有被发觉，不久此消息从家中传开，使他不安。五凤四年，朝廷的有关部门已在调查此事，刘胥听到风声，当即就用毒药毒死了巫婆及殿堂多人。这灭口之事也被人透露给了朝廷，皇帝又委派廷尉、大鸿胪来扬州调查。这时刘胥感觉到末日即将来临，对使者们说："我对不起万岁对我的恩德，罪该万死。但时间长了，一时回忆不起来，请你们暂到驿馆休息，让我好好想想，然后再回答你们。"使者走后，刘胥在显阳殿摆设酒案，叫来太子刘霸及胡生等通宵饮酒，并叫他的姬妾八子郭昭君、家人子赵左君等击鼓瑟歌舞，他多才多艺自编自演，唱道："欲久生兮无终，长不乐兮安穷！奉天期兮不得须臾，千里马兮驻待路。黄泉下兮幽深，人生要死，何为苦心！何用为乐心所喜，出入无惊为乐亟。蒿里召兮郭门阅，死不得取代庸，身自逝。"

这是他临终的绝唱。在汉代诗歌里虽称不上名篇，却算得上是发自肺腑的哀歌，在座的人听了无不哭泣。他及全家老小以酒浇愁，愁更愁，直到鸡叫才停止。刘胥对太子刘霸说："皇上很厚待我，现在我对不起他，我死了骸骨应当暴野，幸好可以下葬，薄葬吧，不要厚葬了。"说完把家人支开，立即关起门户，咬紧牙关用皇帝赐的绶带自缢而死。八子郭昭君等人也相继自裁了。死后天子又开恩，赦免了广陵王的子孙，将他们贬为庶人。六年后，皇帝重新起用他的儿子刘霸，封为第二代广陵王。

皇帝对刘胥格外开恩，免于野外暴尸于天地，让他下葬在皇帝自己规划好的墓穴（高邮神居山天子之制的"黄肠题凑"）之中。这才使得扬州留下了这份得天独厚的珍贵历史文化遗产——"黄肠题凑"帝王葬具。

总结起来，刘胥的一生是享尽了荣华富贵的一生，又是痛苦的一生，为了追求做皇帝的美梦，最终落得悲惨的下场，真是可悲、可叹。

神居山一带曾是唐朝时期的古战场

过去,神居山三面皆是波浪式的丘陵,茂密的树林淹没了散落在这一片天地上的大小村庄,站在山顶再向东北眺望可见到烟波浩渺的高邮湖。在湖的浅滩上有那一眼望不到边的芦荻,随着湖风摇曳。这碧水蓝天、风光秀丽之地曾是唐朝时期的古战场。

想当年,武则天趁李治病重,一步步夺取皇权,称了帝,改唐为武周王朝,唐朝老臣纷纷揭竿起义。老臣徐敬业在扬州时,一边找骆宾王写讨伐武则天的檄文,一边联合自己的同党调集十万大军经菱塘驻扎在下阿溪,粮草储存在地势较高的地带。武则天闻讯十分害怕,急命唐朝宗室之后大将军李效逸率三十万之众火速赶到淮阴、泗县一带……而徐敬业在下阿溪摆开了阵势。初冬的一天晚上,李效逸率精兵五千,夜用小舟渡溪偷袭,被徐敬业出兵打得大败,将领多数落水身亡,兵马淹死过半。

李军遭沉重打击,在进退两难之际,监军御史魏云忠献计道:"徐敬业从小顽劣成性没有真才实学,今天取得了一点胜利,更是忘乎所以。更主要的是他所处的地盘遍布芦苇,如遇北风改用火攻,定叫其死无葬身之处。"时隔一天,大将军李效逸重整旗鼓,等到夜晚北风起时,发起火攻,由于冬天干燥,溪滩中的芦苇一接触到士兵手中的火把,便火仗风势,风仗火威,四周一下成了火海,徐军大乱,拼杀得血水成河,纷纷夺路而逃。后来两军又激战了一次,徐敬业又败,最后在逃亡的途中被下属杀死去邀功,死得惨不忍睹。

到明朝时,下阿溪这地方由于黄河夺淮河入海而沉浸在高邮湖中,往事越千年,至今人们还将往事再现。

这次徐敬业虽败,然而朝中文武百官在他拿出骆宾王的讨武檄文后起义造反,使得武则天的江山摇摇欲坠,最终灭亡。

黄巢杀人八百万,"在树""在叶"命难逃

"黄巢杀人八百万,'在树''在叶'命难逃。"这是苏北平原地区人们的一句俗语。说的是唐朝黄巢起义,一些人面对义军吓得躲身在"大树里"以及"河塘荷叶里",但仍难逃一死的故事。

黄巢是唐时期一名文武双全之人,只因相貌丑陋,唐皇贬了他的状元,故到处联络天下豪杰密谋造反。为躲避朝廷耳目,他来到亳州城南十里高桥,住在好友卞律和尚庙中,卞律和尚对黄巢要在寺庙起义心里有些忐忑不安,怕起义军不饶恕他过去的罪恶。一天夜间他心烦意乱难以入睡,便起身在寺庙前后徘徊,忽然见一道黑影从寺院前门闪过,定睛一看是一个大个子。

"你是谁?我庙中香油经常少,原来是你偷的。"

"夜深人静,恳请方丈不要声张,其实,我偷香油是给住在你寺里起义的领袖黄巢点灯登记造册杀人用的,大凡天下恶贯满盈的人都记录于册必杀之,你的名字也在当中,而且你还是第一个。"

"我是黄巢的好友,不可能!"

"你在人们心中是一个作恶多端之人,黄巢不会因你是他的好友而饶恕你。"

卞律和尚吓得一松手,大个子一阵风飞奔而去不见了踪影。天一亮,卞律和尚想从黄巢口中套出实话,借送素斋机会来和黄巢见了面。他稳住自己害怕的心情,只是用谦恭的话与黄巢交谈。黄巢也不露声色,只是双手抱拳道:"老方丈,在您寺里承蒙照顾,我实在不好意思。后天午时,我们天下英雄将要在此祭刀起义,请您关照庙中和尚,提前避一避时辰吧。"

黄巢这么一说,卞律和尚认为自己平安无事了。于是时隔一天,他就让

院里的僧人全都躲藏到很远的地方，他却留在僧房闭门念经。一开始，心里倒是平静得很，当听到起义军战鼓咚咚时，他吓得坐立不安，起身向外一看，四面八方的英雄都向寺中涌来，红旗漫卷映红了天，此时前面大个子的话又在他心中翻腾开了……他当时全身哆哆嗦嗦，想逃觉得迟了，寺院里到处是士兵，又不好藏身，后来看到寺院门旁一棵枝叶茂盛的大槐树树身上有个大孔，便趁人不注意，一头钻了进去。

午时已到，军师大喊："击鼓、鸣炮、升旗、祭刀。"话音未落，只见黄巢手提一口板门鬼头大刀，目光如电扫过眼前整装待发的队伍，最后落到了寺庙门前。

"那有一棵大槐树，难道是拿它开刀？"

是的，他疾跨三步走向前，使足力气向那树拦腰砍去，"咔嚓"一声槐树应声而断，"骨碌"滚出一个带有鲜血的人头来，黄巢一惊！原来是卞律和尚首级。他叹口气道："你躲哪儿不好，单单躲到树里干啥呢……"

黄巢起义造反，用罪大恶极的卞律和尚的人头祭旗。起初他们这种除暴安良的行为是得到天下人拥护的，故这支队伍所到之处旗开得胜、所向披靡，杀得敌方溃不成军。后来因唐兵用计策使得起义军脱离群众而失败，兵败如山倒，又演变成滥杀好几百万的无辜之人。

剩下的残兵败将，由他的一个姓阮的军师带着从安徽窜入神居山一带，此地人们见到这一股逆流吓得魂飞魄散，没命地向前跑。其中有一位老奶奶领着两个孙儿也在逃命，由于她们老的老、小的小，落到了人群的后面，再加上这些败兵的追赶，吓得老奶奶瘫倒在地，两个孙儿趴在奶奶身上哇哇大哭。阮军师是江苏人，此时老奶奶的出现，使他脑海中翻腾起自己的母亲，故唯恐自己的士兵伤害这祖孙三人，命令他们向后退，自己轻手轻脚地赶来扶起了老奶奶。这时老奶奶心里也不太怕了，面对军师道：

"你们不杀我们祖孙三人吗？"

"有我，谁也不敢，你们走吧！"

"前面还有好多人。"

"你去叫他们回家，门前插上柳树枝，我们的军队就不敢来犯。"

这位老奶奶擦擦眼泪，仇视地看了离自己不远处的队伍一眼，便去追上了前面的人，叫大家回家按阮军师说的做。果然，黄巢军队从此就没有惊扰到这个庄上人。后因这里的所有人从死亡的十字路口逃过了一劫,人就称这个庄为"冇窝"。

在行进的过程中,难民逃跑的惨景一直在阮军师的脑海中翻腾,他不想再杀人。他们的队伍穿过神居山,来到了山北菱塘境内,便指示全军将士把手中的屠刀扔进身旁的大塘中。一时间,大刀像雪片似的向塘中飞去,使静静的塘水一片哗然——刀枪碰撞声混夹着"哇呀呀"哭爹叫娘声嘶力竭的呼救声,不绝于耳。

"塘里哪来的人?"

"报告军师,这塘里长满高出水面几尺的荷叶,当地一些富户强人,舍不得扔下从穷人手中获得的家产,没有远逃而深藏在里面。"

"他们是当地的血吸虫。今天天助我也,让他们难逃一死!"

黄巢部队扔刀在塘中,杀死人的血染红了满塘的水,后来人就把那塘更名为"红塘"。

这两个故事年代久远,然而至今人们还在谈论:

"躲在塘中的全是贪财之人,该死!前面卞律和尚是被误杀,太惨了!"

"天下人对卞律和尚有极大的怨恨,他在那该杀之人的簿子上被排在第一位,不惨,该遭报应。这也说明黄巢杀卞律和尚是在预料之中,并非误杀。的确!黄巢是洞察一切的起义领袖,怎么能不知树中藏人?又因卞律和尚曾经是自己的朋友,只好用如此手段去解决。"

黄巢起义杀人有多种不同的说法。如今人们用两分法对黄巢起义进行评价,有人认为他的起义对推翻封建统治具有一定的历史意义,虽说后来他无故屠杀百姓,但一白遮百丑。

也有人为开脱他这无故杀人的罪责,说他之所以杀无辜百姓,是因为这些人前世犯的罪,天老爷特派黄巢下凡起义,登记造册并杀之。

韩世忠救民于水深火热之中

南宋初年，神居山一带和全国各地一样，老百姓处于金兵入侵、洪水暴涨的水深火热之中。大辽名将金兀术带兵侵犯京口（今镇江），岳飞身边的大将韩世忠带夫人梁红玉立即起兵，由淮安南渡高宝湖扎营神居山下郭集境内大营村。休整三天后，与岳飞联手大败金兵。在战斗中暴雨连天一直下个不停，敌人被打得望风而逃、节节败退。然而大雨却不罢休，越下越猛，下得堂屋湖及沿岸水天相连，一人多高的巨浪在湖面上咆哮着、怒吼着，猛烈地冲击着岸边，湖水猛涨，危及沿岸一带几万人的生命及上千亩粮田。

刚下战场的大将韩世忠心急如焚，没有半点休息的空隙，一边忙于军务，一边命令夫人梁红玉带领全体官兵上圩堤。女英雄梁红玉接到丈夫命令，脱下外装，手握兵刀，下水挖土，搬运土块，大大鼓舞了将士们的士气。手下士兵们也脱下外装，来到深水之中围堤筑坝。当地的百姓见此景互相传颂，纷纷拿起铁镐、扁担，挑的挑、挖的挖，干得热火朝天。也许在英雄梁红玉的带领下，将士和百姓们的抗洪壮举感动了天帝。不多天，风向突转，暴雨不再发威，湖水中的大浪退去，减轻了内涝的危险，大家筑坝建圩的信心更足，仅两三天时间就筑好了30多里的挡水大坝。

大坝完工，英雄梁红玉带领兵马在堤坝上操练，严防敌兵卷土重来。

岳家军在此抗敌、抗灾的举措一直铭记在当地人的心中。

神梦——"梦回苏州"

神梦——"梦回苏州",这是一句当地俗语,意为当地人们晚上一睡觉就"梦回苏州",说明这里的人是苏州移民,那以前的人呢?

"江山如此多娇,引无数英雄竞折腰。"当时神居山一带是湖水泱泱、青山叠翠、山水交融的"神山"胜地,古往今来,在这神居山土地上一直是虎去狼来,让这里的人从没有一个安稳的家。这里一批又一批英雄为自己的家乡献出了生命,特别是明初到清末的 500 年间,尤其是元朝末,农民起义军张士诚将军到此后,此地便成了各路割据势力的主战场。后来朱元璋攻打苏州,这里的人随张士诚南下,败回的时候,他们也帮张将军守城,使朱元璋难以攻下。尽管如此还是寡不敌众,张士诚兵败被俘,朱元璋积怒杀得这里连猫狗都不留一条,更不要说有人活着了。尽管说得这样夸张,但江淮平原人口确实少得令人吃惊。昔日的扬州是一个繁华的城市,但被朱元璋攻下时,城中仅剩 18 户人家,淮安城里所剩的人同样寥寥无几。

后来的人们是从苏州大批迁徙而来的,过来之后遇到的仍然是战火持续不断、连年灾荒。1931 年,里下河一片汪洋,全部陆地沉没,有 8 万多人死亡,近 180 万人远离家乡逃难;1938 年,在敌我双方交战中黄河花园口南堤被炸开,江淮受灾 20 个县,210 多万人失踪,480 多万百姓流亡他乡。相反苏南则自清末民初,沪宁铁路和津浦铁路通车,经济日趋活跃,两地反差如此巨大,这些人无法息灭故土之情,连睡觉都在做梦——"梦回苏州"。

人们只要一闭眼,头脑中则浮现"冲啊!杀啊!"的惊魂场面,一会儿又是山洪暴发、波涛汹涌、翻江倒海之境地。在上天无路、入地无门之时,只得心一横、眼一闭,跳入一片茫茫水中。然而却想不到自己因此进入了"柳暗花明"的另一世界，人们三两结伴，携美酒饮酒赋诗。"盗匪来了！"这一声声的叫喊声惊醒了"梦回苏州"的做梦人……

从那至今，人们一直把去"睡觉"说成去"苏州"。"你去哪？""我马上去苏州。"意思是他马上要去睡觉，这话已成了当地人的习惯用语，可见那段历史永远铭记在人们心中。

神居山的人们抛头颅、洒热血，保卫和建设这里的山山水水。然而田改了，水又涨了；水退了，恶魔又来了，人们没过一天安宁的好日子，"数风流人物，还看今朝"。

包公私访承州

宋朝时,江淮有一个地方叫承州(也有人把"承"写成"陈"字),河南周口也有一个陈州的地名(后改名为淮阳)。包公所去的究竟是哪一个地方?

根据事情的起因应该是指江淮这里。当时,承州被大水淹没,承州府衙沉入湖底,百姓遭灾,皇上昏庸无道竟批准朝中刘衙内的儿子刘得中和其姓杨的女婿二人去开仓放粮救灾。然而这两个家伙到了承州,哪是救百姓于苦难,却是在大肆搜刮民财。一个名叫张憨古的农夫与之辩理,竟被其打死,儿子小憨上告包公,故而包公前来私访、放粮赈灾,救民众于水深火热之中。老百姓得知包拯要来,怕他被一片汪洋挡住去路,纷纷下了家中的门板,搭建了一座简易的木桥迎接。刘、杨二人听此消息吓得心惊肉跳,也每天夹在人群中到十里长亭迎候。包公首先进的是县府衙,县太爷摆上酒宴为包公洗尘,包公却只喝了两碗稀饭,并责备了县官一顿:"父母官该与百姓同甘苦!"县太爷有了前车之鉴,再也不敢胆大妄为,皱着眉头陪包公吃平民饭。

包公一到承州地界,就找了一个僻静的屋子,乔装改扮成乞丐,一人下去访察民情。半途中,一个长相俊俏的姑娘,骑着驴子不小心摔在了地上,驴也直奔包公冲了过来,她捂着腰向包公喊道:"老头儿,帮我抓住驴。"包公听到后,抓住驴并牵了过来。那女子看包公虽然穿着不咋样,却很像个本分人,便说:"我管你吃喝,你做我的仆人,如何?"包公点头称:"好!"

原来,那姑娘是承州名妓王粉头。刘、杨二人因等包公日子太长了而感到不耐烦,于是今天找来个名妓寻开心。花厅内刘、杨他们推杯换盏、打情骂俏,很是热闹。他们还差人送来酒给包公吃,包公本来看到他们的胡作非为就气上心头，不过不好发作，只得把来人送的酒泼到驴嘴上，用此举来鄙视他们，公差骂他不知好歹，回禀了刘德中，刘德中命人把包公吊在树上。

包公的随从张千进城寻找刘德中，却见包公如此情况，气得剑拔弩张。包公暗示张千暂时忍住心中的怒火，并叫到身旁耳语了一番。张千听后进花厅大喝道："好大胆的刘、杨两狗崽，包大人从东门一路私访进城，你等还不快快迎接！"刘、杨他们听了吓得魂飞魄散，颤抖的手连酒杯都抓不稳，"咣当"一声掉落在地，十分狼狈，在慌张中，他们稳了稳神出门去迎接包公。

此时府衙已被人群围了个水泄不通，这些百姓都是来伸张正义、喊冤叫屈的。张千面对众人传话："有冤的尽管来申啊！"百姓争先恐后击鼓，人人都声讨刘、杨二人贪赃枉法、草菅人命的罪行。包公先传几位州官，因他们平时不敢惹刘、杨二位，进而办事不公，询问情况后立即罢官，又命人抓捕了刘、杨两狗官，并叫来名妓王粉头、小憨当庭对质，铁证如山。

朝中刘衙内得知儿、婿难逃法网，从皇帝那讨来赦免书，日夜兼程赶来恳请包公饶恕他两个孩子。为保二人性命，他先向包公苦苦哀求，接着用皇上御旨威吓。包公伸张正义，毫不顾忌这老家伙用皇帝的刀架在自己的脖子上，命张千用尚方宝剑，将这两个害人不浅的贪官斩首示众。两罪犯尸首分离，刘衙内一边哭一边诬蔑说："你滥用职权！"而后要起程回京面见皇上。包公抽出宝剑道："我是为满城百姓使用权力，你依仗权势，庇护子女，贪赃枉法，本相回京定跟你算总账。"说着也走了。

包公为百姓置生死于不顾，走后大家为纪念他，就在这里建起了承州桥。后来又重建过，如今这座桥，状如彩虹，横跨碧波之上，倚栏远眺，蒹葭苍苍，帆影绰绰，鱼翔浅底，碧荷轻摇，恍如仙境……

状元沟

神居山东北处有一条小河,河的南面有一条宽宽的排水沟,沟与河的流水又经过一座状元坟,故人们就把这条八公里余长的河、沟相连成的渠道称为"状元沟"。它历史悠久,远近闻名。

元末及明清时期,此地没有人考中过状元,那这里怎么会有状元坟呢?说起来还有一段历史故事。

元末时期,苏北是反元义军之一的张士诚部崛起之地,也是反元和后来各路诸侯割据势力相互吞并的主战场,常有争城夺地的殊死之战,再加上连年荒灾,这里的人口大量流失,到了明初,这里人更是稀少,大片大片的土地被抛荒。然而江南的苏州、松江、嘉兴、湖州、杭州等地,由于占有优越的自然地理条件,经济发达,人口稠密。当时的明王朝要恢复生产、发展经济,这首先的一项措施就是移民,这也就很自然地从苏州把人口迁移到苏北。

苏州有一家姓曹,主人叫曹鑫,他家因是状元的后代得到了当地官府的照顾,然而曹鑫早有耳闻神居山脚下是出名的地方,移民过来的人将来有很大前途,更是想把他祖父的状元坟带去,安落在那龙脊上,让自己的后代将来能做上一官半职。曹鑫的想法得到明王朝的认可,同意他家随民迁移(包括状元坟一并迁去)。明王朝还用船帮助他家把棺木沿运河护送过高邮湖,他们家来到骑龙,首先找了一块风水宝地进行安葬,建造了状元坟。接下来才忙于安家落户,靠种地求生存。然而当时此地到处是一片荒凉,天又不作美,或大旱,或大涝。曹鑫是状元的后代,不仅才华横溢,而且从苏州带来了雄厚的家产,他带领这里的民众起早挂晚、栉风沐雨、含辛茹苦地开挖了这条状元沟。旱能直通高邮湖,引水浇灌农田,涝也能从河沟向南排水。

中华人民共和国成立后,这里的村民在中国共产党的领导下,对状元沟又进行了整治,扩宽挖深,并在河上建造了一座状元桥。

今天,对"苏州移来"的曹家祖先(包括我们的先辈们),已无法查清他们的真实故乡了。为了让人们记住他们来此重新开发美丽家园的这段历史,上级政府规划以高邮湖为依托,将高邮湖至状元湖区段及周边用地,打造长约8公里、宽3—4公里的滨湖移步易景的生态长廊,并突出其文化特色,打造风景独特的状元沟与状元湖景观。

"送驾桥"因神居山而得名

在明朝时，明太祖朱元璋在统一天下时，一个叫冬里不花的将军献关降明，日后又立了很多功劳，故朱元璋封他为"逍遥王"，并让他选定一个较好的落脚之地。而他早就知道神居山是一个钟灵毓秀的地方，便向朱元璋请求来这安身。朱元璋同意了，给了他很多良田及月禄，并赐他"朱"姓。

冬里不花将军谢恩，但不敢与皇帝同姓，奏启朱元璋将赐的姓改为"宋"字。冬里不花安家后，就为渔民们建成了一座桥，桥的结构全都是木料组成，一共四排站柱支撑着桥身，中间两排，两头各一排，形成了三个孔，中间孔较宽，便于渔船通行，桥的大梁上面是由厚厚的木板拼成的桥面，桥身长10米多、宽2米多、高5米多，两边无栏杆。虽是木桥，但当时有了这座桥横跨在河道上，远远望去好像一条蛟龙在腾飞，给河面上增添了一道美丽的风景线，桥随主姓叫"宋家桥"。

后来又何时改名为"送驾桥"了呢？传说是与乾隆皇帝来神居山一带私访有关。为了解民情，乾隆二十二年（1757）他第二次来这，下定决心一定要只身独访。这一天，他一人乘船向邵伯湖北的方向而去。乾隆悄悄离开不见踪影，扬州的大小官员吓得"亡魂直冒"，他们四下寻找。乾隆打扮成庄稼人，上了邵伯湖南岸步行，无拘无束向前走，看到不远处有座桥，有人告诉他这桥叫宋家桥，他十分高兴来在桥上，坐在桥墩上休息。还未坐定，他的随从官员纷纷赶来保驾，乾隆一见怒火中烧，问是谁叫他们来这里的，并传旨：不许任何人过桥，立即回衙里去各做自己的事。乾隆发了一通火后，便袖子一甩扬长而去……

乾隆南巡微服私访后，又下旨帮渔民重建这座桥，渔民为感激乾隆帝，将重建后的"宋家桥"改为"送驾桥"。嘉庆年间，形成送驾桥小街，后来由于战争小街被全部烧光。到光绪时，为保护大桥，在镇西端北侧挖河积土，堆成东西走向的小丘。民国初年，送驾桥周边有四五十户人家，街上有商店、寺庙、学堂，已成为一条繁华的街道。

明朝朱允炆削发为僧隐居神居山

明朝朱允炆是朱元璋之孙,朱棣之侄。在中国历史上,建文帝这位年轻皇帝,被赶下台后,以"应文和尚"的身份逃亡到神居山,以至于天下佛教界对神居山极为关注。

建文四年(1402)夏六月的一天,南京金川门被朱棣攻破,建文帝决定自尽殉国。在这紧要关头,突然有一个太监跑了过来,双膝跪地对建文帝说,太祖皇帝临终前曾经交给他一个密匣,并叮嘱他如果皇上遇到危难,可以打开密匣。建文帝听后,急忙命这个老太监取来密匣,打开一看,里面装有三身和尚穿的袈裟、三张和尚身份的凭证和一把剃须刀,三张凭证上分别写着应贤、应能、应文三个名字。应文就是指建文帝本人,应贤、应能分别是指皇帝身边的心腹杨应能、叶希贤。匣中还有一封信,上面注明:在情况危急之时,应文(皇帝)从鬼门出,其他人从水关御沟而行,太阳快落山之时,到神乐观之西房会齐。这是朱元璋为预防外敌所安排的计策,万没想到自家兄弟互相残杀。然而建文帝看后却不这么想,他认为太祖皇帝早就预料到自己会有今天,于是他让太监立刻为自己剃发,披上袈裟为僧,慌忙从鬼门逃出宫去。皇后马氏为了掩护他,命令太监放火烧宫,然后自己跳入火中,被火烧死。

第二天朱棣攻入皇宫之后,到处搜寻建文帝。然而他早已远去,很多太监、宫女们都不清楚,迫于压力随便谎说:"建文帝已自焚而死。"并指认皇后的尸体就是建文帝,此时火中找出的尸体已被烧得面目全非。

建文帝在侍从的保护下,从地宫逃出南京,而其藏身的第一座寺院就是神居山古悟空寺。有人从唯心主义角度去解释,说也许是他家坟地中的刘氏祖先尧帝显灵才叫建文帝来这里的，到这里可得到先人们的庇护。后来明成祖朱棣打听到他的下落，带领文武百官来到神居山古悟空寺，流着眼泪对建文帝说："我这次挥兵南下，是为辅佐侄儿你坐稳江山，你怎么走了呢？我现在终于找到你了，你跟我回去。"说着，眼泪流淌不止。说实在的，朱允炆好歹也是朱棣亲侄，在朱棣包围皇宫之后，没有攻打，停下来想把大侄约出来谈谈，万没料到朱允炆却逃跑了。

建文帝哪知朱棣的用心，就连现在也摸不准朱棣的意图，故而回答他："我已做了和尚，不能还俗，谢皇叔的好意……"朱棣第一次没有劝得了，第二次又来。据说第二次来时，建文帝已辗转苏州太湖、西洞庭山普济寺、余杭东明寺等地。

建文帝虽远走，但古悟空寺却成了他一生最难忘却之地，此后的人们也把这寺庙作为凭吊建文帝的庙堂。

一代枭雄吴三桂回家祭祖　寺庙遭灾

吴三桂是明朝人，祖籍在江苏高邮神居山下，那古悟空寺两次的灭顶之灾就是与此人回这里的神居山祭祖有关。

吴三桂出身于拥有抗金战史的家族，从小就锻炼了他的胆量与气魄。在战场上，少年时代的吴三桂就非常勇敢，在一次战斗中，他冲入敌群用箭射倒一名旗王子。在另一次战斗中得知他父亲危在旦夕，立即向他舅舅祖大寿请命发兵救援，舅舅认为这样会增加伤亡，未批准。吴三桂大哭而去，并立即召集几十名家丁，如狂风般冲入重围，救出了他父亲。那次战斗震惊全军，从此吴三桂"勇冠三军"步步连升。

明崇祯时，吴三桂为总兵；康熙十二年（1673）自称总统水陆大元帅；后在衡州登基做皇帝。在发迹之时，他仍不忘回江淮高邮祭祖，典礼在神居山古悟空寺。好几万人的祭祖队伍轰动了当时大半个中国，也正因为他这声名远扬的祭祖，让古悟空寺惨遭两次灭顶之灾。第一次是吴三桂降清，明朝残余势力对吴三桂恨之入骨，还有农民起义军也恨在其中，这两股势力一时还不能把吴三桂置于死地，那么他举行祭祖大典的古悟空寺也就成了泄愤之地。还有一次是吴三桂背叛清朝，在发动三藩之乱后，他回家祭祖使得古悟空寺再次遭清军践踏。

后人对吴三桂的评价不一，有人说他是汉奸；有人认为在动荡的明清交际时代，吴三桂不过是忠于他和他家族的利益行事，所谓汉奸评价实在太苛刻。现在的历史学家认为"吴三桂既不是英雄，又不是小人，是一个历史上的悲剧人物"。

吴三桂回家祭祖虽给古悟空寺带来灾难，恰恰说明吴三桂不忘这块滋养他的土地，也说明过去的神居山这块土地还孕育有吴三桂这样的一代枭雄。

神居山上"嗒！嗒！……"的机枪响

——解放战争中杨可夫的真实故事

1945年8月，日本宣布投降期间，共产党的力量比较薄弱，为取得革命的最后胜利，神居山地方新四军的有生力量，向苏北水乡金湖撤离，去那打游击。国民党军队还带着还乡团打了回来，两股势力臭味相投，对地方人民及留下的地下党干部进行疯狂镇压和围剿。当时原独立团团长杨可夫并没有走，风华正茂的他，经常冒着生命危险深入地方干部和人民群众中开展工作。

一天，杨团长向西奔走在送桥至秦楠的路上，不知怎么走漏了消息，被三个便衣盯上了，后面还跟着一支30余人的国民党军队。该队伍的队长姓尤，人们称他"尤狗子"，他在地方上作恶多端、坏事做绝。他们尾随在杨团长身后，是为了打探杨团长的行踪，发现可疑的人一同擒获。是的，杨团长这么一个大人物的出现，当然有人不会放过他，但也有人在暗地里保护他。在这条路的前面大庄上，就有一个叫张文田的人在等候他的到来。杨团长很镇定，不慌不忙地向前迈着步伐，没走多远就进入了庄上，与张文田迎面而来，张文田心急如焚地打着手势，让他快绕过庄子远逃。又因两人穿的都是破旧衣服，故而张文田装着杨团长的样子从庄上走出，上路后吸引敌人向前追，到了东墩坎钻进了那里的芦苇荡。

后面追赶的队伍，发现杨团长进庄，准备围庄搜查，然而又发现路的前面是张文田，不是杨团长，追到芦苇荡后人却不见踪影，便撒开大网到芦苇丛中寻找，其中有一个士兵只离张文田几步之遥，却出乎意料地转弯绕了过去。张文田从芦苇中出来，又躲进了附近的沈家庄。敌人没找到人，掉头回到了沈家庄，他们挨家挨户搜查。庄上有一户叫马正敏的人家，他们进了该户的门就翻箱倒柜找财物，然而张文田就躲在马家衣柜的后面却一直没被发现。尤狗子见搜查无果，突然头脑一热想到，他们追拿眼前的共产党干部常常在送桥与神居山之间活动，故而便立即又往回追。

这使得杨团长又陷入了危急之中，当时杨团长还自认为已出了龙潭虎穴，想找一个地方弄点儿吃的，便向神居山脚下的观音庵走去。刚走近一个叫孙林山家的门前，突然发现前面追赶的敌人又出现了。此时孙家门口站着一个少年，他是孙林山的妹夫，叫韩连和。小韩见到共产党干部有危险，立刻招手把杨团长让进了他家。该户是两进头房子，厨房在后进，杨团长紧跟在小韩后面，经过堂屋来到了厨房，藏身于锅膛门处，小韩用稻草给堆上，就又来到大门外，正好尤狗子也带队到了。

"你看到有一个身穿破长衫的人经过这儿吗？"

"没有，不过两个时辰前有三四个人经过这儿向北去了。"

小韩想支开敌人，然而尤狗子不但没离开，反而跨进了孙家门。

"你家几口人？"

"后面厨房那堆草怎么动了？"

"那是鸡在下蛋……"

尤狗子从堂屋后门向后面厨房看去，看到锅膛门口那堆草抖动了几下，发现那里有可疑之处，便大声质问小韩，小韩的心也提到了嗓子眼，然而他却不动声色，从容不迫地回答着尤狗子的问话。尤狗子非常狡猾哪能信呢？他瞪了小韩一眼直向厨房间扑去，巧的是他刚抬脚跨厨房门槛，"嘎"的一声，从饭桌上蹿出一只老母鸡绊于他的脚下，吓了尤狗子一大跳。仔细一看是一只老母鸡，老母鸡飞进院子从墙头穿了出去。

"往哪里跑？"

这是（隐藏在他们队伍中）一个姓王的中共地下党人的叫喊声，边喊边从院墙跳了出去。尤狗子不知这是调虎离山之计，也疾跨三步跳出院墙来到了外面。

"在哪？"

姓王的假装没听见，一个劲地追着老母鸡，抓了鸡来到了尤狗子面前。

"你问啥？"

"混账东西！我问……"

"嗒……嗒！嗒！嗒……"正在尤狗子抱怨姓王的人时，忽然听到从神居山上传来了猛烈的机枪声。尤狗子顾不得再说什么了，急忙吹响了集合的哨子，带着队伍跌跌撞撞地向神居山方向奔跑而去。

其实山上突然传来的枪声，是山北地下党人鲁纳采用的调虎离山之计。鲁纳发现杨团长所在地烟尘滚滚、吵声嚷嚷，估计有敌人在这里闹腾，故而带着两个人端着机枪直奔到山上，朝着山上几个国民党士兵扫射……

敌人走远了，杨团长把孙林山一家人及小韩邀请到一起，然而面对恩人们又不知用什么语言表达最好。停顿了许久，只得一躬到地，感谢他们用一家人的性命救了他，他不敢在此多逗留，急匆匆告别而去。

中华人民共和国成立后，杨团长又去孙家登门叩谢，并特地在扬州城里给小韩找了一份工作。

（本文为韩连刚、李九思口述）

烈士王大林的故事

王大林是苏北神居山一带人，在抗日战争、解放战争中，他在中国共产党的培养下，由地方游击队员成长为新四军队伍中的一名得力干将。在1942年前后，他相继担任民兵队长、乡指导员、区长等要职。

在担任民兵队长时，他多次带领民兵到高邮湖周边剿匪，保护当地人民生产、生活的安全，对建立共产党抗日新政权发挥了积极作用。

1945年，上级调他担任送桥乡指导员，一年后，他又被提拔为甘泉县菱塘区区长。此时日本已宣布投降，然而国共内部战争又进入白热化。而神居山是历来兵家必争之地，今天共产党来，明天国民党又夺了去。

在国民党打进神居山的几年里，曾经因土地改革而被清算的地主、汉奸及伪军便聚集起来，组织了上百人的反动武装即还乡团尾随国民党对这里的农民进行反攻倒算，抢夺人民手中的财和物，要求贫苦农民将这些土地所收获的粮食全部上缴，同时杀人放火，吊打屠杀中共地方干部。王大林面对白色恐怖的斗争形势，则避其锋芒，到群众基础较好的地区进行地下活动，组织中共地下党成员给还乡团以有力的还击，使得那些双手沾满人民鲜血的刽子手胆战心惊。

一天，王大林在野外和天山乡乡长绪如松、北岗乡中队长杨德龙及地方干部姚有元、阮在贵、阮在明等人聚集在一起，研究对还乡团进行一次打击行动。会议结束后，王区长进入自己的住处吴玉良家，被还乡团团长黄小六率领的人给逮捕了，其他五位同志也连接被抓。告密的就是该家主人吴玉良，起初这个叛徒并不知王大林是这里的区长，后来看到他身上带着两支枪，还有若干钞票，认定他是共产党干部，故而悄悄地溜了出来通风报信。国民党抓住王大林当场就对他进行拳打脚踢,接着用刀尖在他身上戳了几刀,王大林全身的衣服被鲜血染红,在押送的路上也是吆五喝六。

到了审讯室,狡猾的黄小六更阴险,他让王大林看着面前五个同志一个个"受审"。接着宪兵队长从火盆里夹起一块火红的烙铁,来审讯王大林,黄小六喊了一声:"慢!他是王区长,对他我们要有所优待。"话音未落又皮笑肉不笑地来给王大林松绑,并指向审讯桌旁的一张凳子叫王大林坐下。王大林理了理头发,落落大方地走了两步便坐于黄小六的对面,任凭黄小六怎么花言巧语他也一言不发。接着黄小六又把王大林请进自己的小会客厅,用酒款待,王大林接杯在手后"咣当"甩于地上……黄小六见自己使用的这些花招无济于事,只得叫人把王大林重新绑上,进行严刑拷打,他咬破嘴唇,昏死了三次……

在当年寒冬腊月的一天,黄小六这些杀人不眨眼的豺狼,将王大林等六位同志推进高邮城东门外的土坑里,用石灰水活活地给煮了。

王大林等为革命的解放事业而英勇就义,一直永记于人们心中。

神居山工人炸出汉墓

为搞农村建设，高邮县领导在苏北神居山开了一个采石场，炸山取石料。1979年春的一天上午11时，只听得"轰、轰、轰……"接连的震天动地的爆破声响。虽说在硝烟弥漫过后是工人们吃饭的时间，但点炸药之人却还没离开，在巡查时发现一块青色的石头被炸了出来，推开有一个大洞，惊讶地发现了一座古代的墓穴，这块青石是用以挡墓门的。

于是，爆破手便飞快地跑到食堂，叫工人们放下手中的碗立刻把大洞包围起来，工地领导也把炸出古墓的情况打电话通知了省文物局，请考古专家立刻赶来现场。然而就在这短短的时间里，少数不法分子看到眼前发大财的机会怎可放过，便钻进墓穴偷拿宝物，一些无知的工人也跟在后面到墓里进行挖掘。待省文物局的人赶来时，大墓外围的文物已被抢劫一空。当地的警方随即查出这些人从墓葬里挖出的一百多件玉器和青铜器，并让他们如数归还，后来警方二十四小时配合考古专家进行文物的发掘。

在考古队对古墓进行抢救性发掘的几个月中，人们每天像赶集似的赶来山上看热闹，一个个拥挤在山顶，从上面往下边看边议论。

"呀！你看下面那十多个麻雀儿大的人。"

"你说什么？"

"我说，此墓工程十分浩大，下面深不可测，所看到下面考古工作者只有麻雀儿大，实在让人看不清。"

"按我推算，假如这是一座土山，当时如果是人工在这一小块地方用铁锹去挖，用箩筐从底下把挖的土吊上来，那两年还难以挖完这大墓工程咧！何况这是一座石山，那时用铁钎、铁镐是怎么一锤锤地敲打出来的呢？"

"难道有外星人来帮忙不成?"

…………

古墓的封土被打开,露出墓中的"黄肠题凑"时,在场的人都惊呆了。虽然不是皇帝墓陵,却大于皇帝陵的规模!从山顶到墓底部深 30 米之多,除去山顶高度外墓坑深 18 米,东西宽 23 米,南北长 28 米,墓顶封土 5 米有余,墓室填土约 20000 方,珍贵楠木木材 545.56 立方米,看到堆满地宫的楠木之后,有人开玩笑地说:"全是珍贵的楠木啊,这回可要发财了!"

汉墓发掘结束,文物部门将整座墓葬迁移到扬州市北郊,建立了扬州汉广陵王墓博物馆,建成后现已对外开放。

炸山揭开嫦娥失宝之谜

传说远古时期，月亮上的嫦娥光临神居山，丢失了一件宝物。是何物？这在人们心里一直是一个谜。

20世纪70年代，工人们在大规模开山中，炸出许多石头，后来在劈石头的过程中，劈出了一只蟾蜍。此消息轰动整个石头塘里的全体工人，众人围拢过来看，此蟾大如拳，体色金黄，众人议论纷纷。

"看它，身上有许多疙瘩、黏液，是能吃昆虫、蜗牛的蟾蜍！"

"从它身上颜色可见，这不是普通的动物，是一个活宝。如不是，怎么能钻进石头里？你听说过山里还藏有金牛、金碾子很多宝贝吗？这是其中的一件活宝——金蟾。"

"天上月亮上有一只三条腿的蟾蜍，古代诗文里就常用蟾蜍来指代月亮。不要问了，这宝贝是月亮上的嫦娥失落的。"

那这宝贝又怎么失落到神居山的呢？因嫦娥很思念自己的丈夫后羿，故而神居山上是她常来往的地方。有一次不小心把藏在身上的金蟾丢了，在神居山上到处找，结果不见踪影，后来看到山上的山神老爷爷，想上前问他老人家看到没有，然而山神却无视嫦娥想溜之大吉，嫦娥感觉这老头有一点慌张，心里一定有鬼，便立刻追赶上去劈头就问："你把我的金蟾偷去了吗？"

"胡说！上次你在我这看到金蟾爱不释手，拿走了，一直藏在你身上，我还没叫你还，今天怎么跟我要？"

是的，这金蟾是嫦娥早几年前，在神居山上当着山神的面拿走的，山神也没法子。

"我跟你要，你还我……"

尽管如此，嫦娥还是哭着缠着山神不肯放手，老人家也斗不过她，只有不理睬。后来还是天上的太上老君的到来，这场闹剧才结束。

前面嫦娥看到山神有不寻常的举动，就和他要，那么山神是否拿了呢？这还真难说清。然而今天开山劈石，终于真相大白，宝贝是被山神藏到山肚里了，这是合乎情理的收回。不过那时，山神面对嫦娥蛮不讲理，前次硬是从自己手中拿走金蟾，不但不还，还咄咄逼人，故而对她怎么会实话实说呢？

李三娘的传说

汉时,山西沛县有一个"李三娘",在明朝神居山一带也有一个李三娘,我这里说的则是后者李三娘孝敬公婆的故事。

贤妇李三娘的丈夫在外做大官,她在家中和公婆在一起生活,公婆年迈,家里的重担全部落在她一人身上。白天在农田里忙,晚上回来洗衣做饭料理家务,特别是农忙时,要在磨坊里夜以继日地推磨,困倦了顶多伏在磨旁闭一下眼。有几年由于自然灾害,粮食歉收,家中穷得揭不开锅,李三娘还得从田里回到磨坊推磨。这个磨盘有大匾一样大,推磨非常吃力,她累得汗流浃背、腰酸背痛、腿脚浮肿,可她只能忍着继续推磨。磨出来的面做成饼给公婆吃,而自己吃的却是麦麸皮、粗糠。她怕公婆看到自己吃得太差,便在吃饭时避开二位老人,躲在旁边一口一口地咽。

有一天,她在厨房间吃饭时,被公婆发现了,但因公婆年纪大糊涂,误认为她偷吃好的,便指桑骂槐,大闹了起来。李三娘向两位老人跪下解释也没用,一气之下喝了毒药,左右邻居急忙赶来抢救,用肥皂水灌肠,李三娘呕吐不止,吐出的都是麸皮、糠之类的。这下真相大白了,公婆痛哭不止,可是为时晚矣,李三娘已离世。村上人为李家失去这一位好儿媳感到惋惜,送葬那天,村上的大人小孩哭泣着都来为她送行。

后来这磨坊成了李三娘孝敬公婆、勤劳善良的化身,也表现了这里人民的吃苦耐劳的高尚美德。

神居山下的"烈妇"坊

道光年间,神居山北不远处有一个杨家东庄,庄上有一户是杨安道家,该家是庄上一大户。

主人杨安道少时娶妻张氏,又名杨白女。结婚不到两年,杨安道得了肺结核,那时叫肺痨,难以治愈。杨白女到处奔走寻医为丈夫治病,家中钱用光了,却是久治不见效。后来听人说,把大腿至膝盖处的肉割一块下来,熬药汤服下可治。杨白女到哪里去找人肉,没法只有请人割自己的,别人不忍心,她便强忍疼痛自己动手。割后血淋淋的伤两个月才合口,好了又第二次、第三次忍受万分痛苦割肉救丈夫,然而最终其丈夫还是撒手人寰。

杨白女的丈夫走后,她哭得多次昏厥,多次被人们抢救苏醒,多天茶不思、饭不进。她因思念丈夫,又在丈夫坟前搭一间席棚,陪伴其丈夫阴魂40天。

三年过后,邻居、公婆见她年纪轻轻就守寡,劝其改嫁,她说:"我生是杨家人,死是杨家鬼,决不出杨家门。"不久后,公婆年老得病,杨白女一直服侍公婆到归天。公婆走了,家中只剩下她一人,周围年轻的小伙子又来向她示好求爱,还是未成。后来当地一个无赖要强奸她,为保名节与无赖搏斗而亡。

杨白女的事迹经地方官府上报给朝廷,皇帝御览后向扬州高邮等官员传旨,为张氏树立牌坊。

人们还记得,死去的杨安道家是四合头的房屋,前院是五间大瓦房,后院是五间草房,在大门楼约5米高的墙上嵌着一块80厘米正方形的圣旨和一块长方形的大理石碑石,上刻有"烈妇"两个大字,这就是为张氏树立的牌坊。

  牌坊下边写的是"旌表故民杨安道之妻张氏",左边写着"申详"两个字,以及"特授江南扬州府贺级黄"等题字。

  这烈女牌坊,蕴藏着神居山一带的古老文化,杨白女的个人形象代表了此地人民高贵的品质和纯洁美好的心灵。

铸剑传奇

——三王墓的故事

干将铸剑和三王墓是春秋时期的故事。干将是春秋时期神居山龙师傅的后代,他从小在神居山一带用祖传的铸剑技术打造宝剑,后来与一个叫莫邪的姑娘结成夫妻,去了楚国,在楚国所铸的两把名剑也是以他们的名字命名的。

干将、莫邪雌雄二剑是楚王逼迫他们夫妇打造的。当时,莫邪已怀有身孕,丈夫干将对妻子说:"我此去只送一剑给楚王,楚王必定杀我,你如果生的是男孩,长大了告诉他,出门向南山走,山上的一棵松树下有一块大石头,把石头推开,再掘去上面一层土,那另一把宝剑就藏在里面。"于是,干将带着雌剑见楚王,楚王果然大怒,说他的老祖把自己的身体投进炼炉里,让他的徒弟炼剑,炼出的有灵魂在里面的剑才是绝世之物。并反问干将怎么没这么做,剑没有炼剑人的灵魂何以为宝?于是命身边武士杀了干将。

后来干将妻子给他们的儿子取名叫赤,他长大后问:"父亲在哪里?"母亲就如实告知了他。赤在母亲的指点下找到雄剑后,日夜寻思着要向楚王报仇。楚王梦见一个男孩横眉怒目地望着自己,说要报仇,于是重金悬赏捉拿赤,赤听到后,逃往深山。有一位侠客遇见他问:"为什么这样悲伤?"赤答道:"要为父报仇杀掉楚王。"侠客说:"听说楚王要捉拿你,你往哪里躲?不如把你的脑袋和宝剑拿来,我为你报仇。"赤犹豫,侠客又说:"你不死,楚王怎么信我?"听侠客这么一说,赤拔剑自刎,身子却僵硬直立。侠客割下赤的头颅说:"我不会辜负你。"说完,赤的尸体才倒下。

侠客带着人头和宝剑去见楚王,楚王十分高兴。侠客说:"这是勇士的头颅，应该用大锅煮它。"楚王应允。看到赤的头颅在锅里煮着，侠客便对楚王说："大王近前来看它一眼。"楚王畏惧，巧的是楚王身边的卫士中的长官和侠客是好友。长官也道："大王！怕什么，去看一眼。"说着并推楚王走到汤锅边，此时，侠客突然挥剑向楚王的头砍去，楚王的头应声掉进滚锅里，侠客也挥剑砍断自己的头颅掉入滚锅中，三个人的头颅都被煮得稀烂，无法分出是谁，于是，只好将肉汤分成三份埋葬，所以统称"三王墓"。

莫邪、干将铸剑和三王墓的故事一直流传至今……

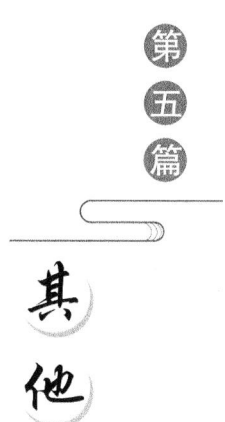

第五篇

其他

  神居山系列传说的共同点是指向真、善、美，她是繁荣昌盛的中华文明的源头，与这里居民们神往玄远风尚有关。走进神居山：

  你会看到"朝朝爽气拂青天，仙人结屋曾栖此"。

  你会看到古悟空寺雄踞一方，神山爽气，回荡起那山上不绝于耳的木鱼声声，浮现起传说中的众位神仙普度众生。

  你会看到山中还藏有宝贵的"地热井水"。此温泉是于2018年5月10日开钻，7月21日完工，出水量为每日1914多吨。

  你还能看到秦邮八景之一的秦邮湖上的"甓社珠光"……

神居山之"神奇"

神居山坐落在苏北平原上,它在人们心目中,是一座"神奇"之山。是的,这山中"神奇"的话题,从盘古开天辟地时人们就滔滔不绝地在议论了。

有人说,是天上有一位仙人用神鞭把福建武夷山头上的一顶山帽子赶上天,在天上飘到了此处,横空坠落成了一座山;有人说,是很早时火山喷发后形成的一座高耸入云的山,后来不知被什么人赶飞了,成为天下许多的山,故人们称它为"万山之母"。虽然这些说法有些荒诞,然而在它诞生以后的千万年间却不断在脱胎换骨。

从宇宙时间的角度来说,人类的出现时间并不太久远,然而就在这弹指一挥间,却看到它在"变戏法"。其中北宋时秦少游所见的神居山"磅礴甚大,旁占数墟"。山脚所占地盘有很多县市,那时山上由大小山峰组成。一千余年后却成了今天的一个小山丘。另外它身旁的神街——"承州府",是一座繁荣的大城市,街上人流涌动、车水马龙……然而在一夜之间却沉没湖底,成了今天的高邮湖。水映着山,山与水又常孕育出龙卷风,先民们将其喻为天上的神龙"回家"。

说起神居山的神奇还有许多呢!

温泉。早年,这山里的温泉水是从雄伟的古悟空寺脚下,经仙人井,流到白龙洞旁边的白龙塘中。然而让人感到神奇的是这水能治病,那时远近村民都来这塘里洗浴,他们洗浴时在水上浮动,飘飘欲仙觉得精神特爽,尤其是诸如皮肤类的疾病,一经冲洗即可祛除,后来因开山炸石这泉水就枯竭了。2018年,这里的人钻地三千多米,使泉水又汩汩流出,经省里相关部门检测,证明此地泉水对治疗皮肤病有一定的作用。原来此泉水矿物质含量很高,如碘、锶、偏硼酸和水温（泉水温度达 80℃ 左右）均达到了国家医疗热矿水的标准。不久这里将建一个大型的温泉浴场，定会吸引来自四面八方的人体验热矿水的理疗效果。

草木显神。神居山上有参天的古银杏、降龙木等树，银杏果可食，降龙木整株可入药，均有较高的经济价值。人们一直在传说，宋朝时的杨门女将穆桂英曾用降龙木大破辽国的天门阵。另外，东晋的宰相谢安也来过山上，不过他不是为银杏、降龙木而来，而是前来种药、炼丹。谢安心浮气躁，几年未炼成，抑郁成疾，不治而亡。后至南齐，又有一亘公来此炼丹，结果大功告成，吞丹成仙，他原先的丹炉紫火永久不灭，飘出的薄雾烟霞，使神居山的草木处于一种若隐若现的神秘气氛之中，这就是后来的"高邮八景"之一——神山爽气。

高邮龙虬文化孕育尧文化。新石器时代，我们的祖先受神居山上神龙的萌发，来此开创了这里古人类的一片天地——龙虬庄庄园，根据发掘出土的物件考证，龙虬文化在华夏文明中具有很高的地位。

在公元前 4700 年前后，江淮地区发生了巨大的海侵。东部地区都被海水淹没，迫使古龙虬人逃到地势高的神居山一带，带去了当时较为先进的龙虬文化。又经过一千多年的传承和发展，到了尧的时代，出现了一些为后世所敬仰的如尧这样的卓越人物，使神居山一带进入更高的文明时期。尧天资聪敏，以"修身齐家治国平天下"为准则，弘扬和顺的美德，敦睦九族，亲近百官，团结天下人，尧所创造的文明给神居山更增添了几分神奇。

引起海内外瞩目的是神居山汉墓，令人叹为观止的是，汉墓主体建筑纯属木椁结构，规模宏大、气势雄伟，是一座造型精美的地下宫殿。它的发掘现世，生动地反映出当时扬州的经济、建筑、工艺和生活水平在全国名列前茅，同时也让更多的人了解古墓主人的沧桑岁月。

神山名刹——古悟空寺。古悟空寺始建于西汉末期，至北宋时，扩建达到顶峰，有房屋九十九间半。每年逢古历三月初三庙会节，方圆百里的善男信女集聚古寺，烧香拜佛。人们来神居山进行祭祀、礼拜活动，也能进行素食养生、善修体验，使人们能感受到一种"神韵"的存在。

神居山虽然是一座小山，然而它的神奇却在人们心中是拱揖的一大神山。千百万年来的神居山，是江淮地区人民的骄傲。

神居山还留下了众多的传说故事，这些传说源远流长。如"帝尧神话""仙人碓""真龙地""白龙洞""秦始皇赶山塞海"……它们的共同点都是指向真、善、美，本质上思无邪念。这些传说故事是神居山文化经久不衰的记忆保障，是繁荣昌盛的中华文明的源头，是历史赋予人们的一笔宝贵的财富。

我相信，在政府的支持下，经过送桥镇政府的努力，一定能让神居山再次焕发新时代的光彩。

秋登神居山

顾吉林

神居山，位于江苏高邮送桥天山境内，天山之名所来本就有神居山所在之故。"神居之山在何许？秦邮之西六十里。朝朝爽气拂青天，仙人结屋曾栖此。"明代大学者胡俨的寥寥数语，便将"秦邮八景"之一的"神山爽气"描绘得传神迷人。一个风光旖旎的秋日，我登上了这座神秘而富有灵气的神山之巅。

沿着老扬菱公路从菱塘出发向前不远，本是一马平川的平原渐渐高低错落，在连绵丘地的公路右侧忽现一座小山，远远望去，郁郁葱葱。其中隐现着一座庙宇，十分醒目。这就是被称为"淮南众山之母"的神居山。

沿着山间小路缓缓而上，一座庙宇巍然屹立，当地人告诉我，这座叫古悟空寺的庙宇始建于2000多年前的西汉年间。随着时光的流逝，历经几代浩劫，几度扩缩。这些热闹繁盛转瞬即逝，如今能够见到的是大雄宝殿，殿门两边挂的是后来重刻的阮元所写的古寺楹联……

沿着大殿后草木茂盛的曲道越往南走，山越显得静谧。漫山野草，乱石横陈，芦花飞舞，枫叶似火。时值深秋，天高云淡，落叶不时在山谷盘旋，凋零的野花只留下孤独的茎，唯有在山尽头崖边的那棵老银杏，枝繁叶茂，生机盎然，给神居山增添了动感。

原来在古悟空寺前曾有三棵银杏树，最大的那棵怕要六七个人才能环抱过来，可惜到了20世纪六七十年代，由于遭遇雷击及烧香，最大的那棵银杏的树洞被烧空了，现在只有这一棵形单影只。仰望银杏，思绪万千。扬州八怪之一郑板桥先生曾在此写出：

> 坐我大树下,秋风飘白髭。
> 朗朗神仙人,闭息敛光仪。
> 机心付冰释,静脉无横驰。
> 养生有大道,不独观弈棋。

的动人诗篇。斗转星移,韶华已过,红颜易老,不由得感叹世间的沧桑。

山崖下,清澈的碧水呼应着四相勾连的远山。虽然没有云遮雾罩的仙气,没有悬崖峭壁的风骨,但是这里却给人一种无比的实在感。同行的当地人告诉我,神居山原来就只有一座山,山崖下原本没有水,这么大的水塘是当年挖掘汉墓的遗存。

靠山吃山、靠水吃水。中华人民共和国成立后,当地人开山取石,用于砌房筑路。到了1979年,竟制造了一则轰动全世界的新闻——"山肚被炸开,里面竟然是汉广陵王及其王后墓"。天山汉墓发掘结束后,将全部构件迁至扬州市区复原陈列,建立了扬州汉墓博物馆,即现在的汉陵苑。从此,神居山在海内外名声大振。

神居山之神奇终于找到了答案。现在,天山所在的高新区人正在开发建设"帝尧故里"、移步易景生态长廊和神居山温泉项目——帝尧文化所依附的神秘山景,生态长廊所依附的神奇湖水以及温泉项目所依附的神圣泉眼,无不是神秘、神奇和富有神韵的。这便是神居山的底蕴和魅力,可以感受有古老神秘的历史底蕴,有心旷神怡的优美风光,有对未来的满怀憧憬,"秦邮八景"之一的"神山爽气"一定会老树新花,满目葳蕤,绽放出更加璀璨的时代光彩。

魅力神居山
——电视专题片解说词
顾福源　吴正军

神居之山在何许？

秦邮之西六十里。

朝朝爽气拂青天，

仙人结屋曾栖此。

扬州北郊高邮湖畔，有一方古老而美丽的土地——神居山。她因齐桓公在此隐居炼丹后，丹成仙去、得道成仙而得名；因古代三皇五帝之一的帝尧出生于此而神奇；因西汉广陵王身后栖身于此而蜚声海内外。小山陵何以称"神山"？何以称"天陵"？带着这一思考，我们走进了神居山。

神奇篇

"祖龙开国尽遐荒，庙建唐尧镇此邦。"古有神居山仙女与黄龙相恋生子的传说，据《史记·五帝本纪》记载，"尧出生时其母在三阿之南"，"庆都十四月而生尧于丹陵"。经专家确认4000年前在"斗维之野""三阿之南"的"丹陵"之地——神居山，诞生了一位石破天惊的伟人——尧。2007年5月18日，全国尧文化研究会在此举办了学术研讨，夏商周断代工程首席科学家、中国先秦学会理事长李学勤先生认为：高邮龙虬文化孕育了尧文化，神居山是尧文化的发祥地。现在这里规划中的帝尧青铜像高99米，重220吨，比灵山大佛还高11米，是神居山文化公园标志性建筑，它与山东诸城的帝舜陵和浙江绍兴的大禹陵一同成为弘扬东夷文化三座丰碑。尧出生于神居山的考证，给神居山增添了几分"神奇"。

神威篇

神山出名器，神居山所出多为国之重器。拾级而上，迎面便是汉墓遗址。1979 年发掘于神居山一号的西汉墓葬，其木梓面积比湖南马王堆汉墓大 18 倍，墓道 60 米，墓坑南北长 28 米，东西长 23 米，是古代最高葬礼规格的"黄肠题凑"，因保存完好而轰动海内外。墓主刘胥是汉武帝的儿子，在位六十四年，曾收养过刘细君，并把她培养成多才多艺的才女，后来她出使乌孙国，成为"汉家和亲第一人"。"天山汉墓"出土被列为 1980 年全国十大考古发现之一，《人民日报》《新华日报》都曾在头条予以报道。1982 年，一号汉墓在唐城遗址重建，成为扬州对外旅游一大特色景观。天山汉墓与黄肠题凑，又使神居山增添了几分"神威"。

神气篇

"更踏蒿莱问丹井，荒冈曾有谢公游。"东晋时，神居山一带，曾是著名战役——淝水之战古战场的一部分。战后由于受权贵排挤，谢安出镇广陵，隐居神居山修炼用药，围棋取乐。《世本·作篇》记载"尧造围棋丹朱善之"，因此也有学者著文称"神居山是中国围棋的摇篮"。尧造围棋使神居山更具神奇色彩，每逢农历三月初三，神居山都要举办"神居山香会"，方圆百里的善男信女云集此山，山上山下笼罩在一片烟雾之中，这使神居山平添了几分"神"气。

神采篇

"山不在高，有仙则名。"传说这里曾是宋代杨门女将穆桂英的出生地，她身经百战，屡战屡胜，这里现在还保存着当年她练武的上马台、下马台。正所谓："悠悠神山水，自古孕英灵，千年古树旁，桂英破母体，英雄上马台，征战保国疆。"在古银杏树北侧，有一个白龙潭，这里有个古老传说，每逢农历五月十三，也就是小白龙生日那天，神居山都刮风下雨，人们也会焚香祈祷。这个传说，使神居山更增添了"神采"。

神味篇

"峭壁贯东西，石棋匝地，银杏参天，望盂城双塔悬空古寺，好修佛果；长湖绕西北，松泉飞瀑，药白含云，看甓社一帆稳渡名山，定有仙居。"这是清代乾隆进士，曾任两江、两广总督的内阁大学士阮元为古悟空寺所题的楹联。古悟空寺始建于唐代，宋时重修，共有九十九间半。苏轼、黄庭坚、秦观等都曾登临山巅，遥望甓湖帆影，静聆幽谷清音，留下了很多咏山佳篇。后古悟空寺毁于大火，重建后的古悟空寺建筑雄伟，保存了汉唐风格，是神居山又一标志性建筑。山顶有一棵汉代古银杏树，它仰望天空，俯视四方，仿佛在倾听着万物祈祷。郑板桥曾在此树下诗云："坐我大树下，秋风飘白髭。朗朗神仙人，闭息敛光仪……养生有大道，不独观弈棋。"古悟空寺历史久远，银杏树历经千年仍然枝虬叶茂，这使神居山平添了几分"神味"。

神韵篇

"甓湖波光远，神山爽气迎。""神山爽气"为高邮八景之一。说的是每年八月间，人们登临山巅，凭湖远眺，碧波万顷，镇国寺塔清晰可见；西湖夕照，渔舟唱晚，邗沟烟柳历历在目。神居山魅力远不在于秋阳，更在于春光。清明时节，山上暮鼓晨钟，木鱼声声，山脚香气扑鼻，春意盎然。人们自发融祈神与踏青一道，三两结伴，或携美酒，或采野蔌，文人雅士也来此相聚，咏诗唱和。神山爽气，这更给神居山平添了几分"神韵"。

千百年来，地处神居山脚下的天山镇因神居山而闻名，这里工业发达，200多家企业年销售额近100亿元。这里的人们开始探索神居山的宝藏，规划建设中的神居山风景区占地5.84平方公里，计划用3~5年时间开发建成古迹遗址区、竹海、林海区、民族文化区、休闲娱乐区，把神居山打造成为帝尧文化、汉文化、佛教文化和休闲度假文化"四位一体"的辐射长三角地区的大型风景旅游区。

神居山的开发引起了各级政府的高度重视，江苏省已把此项目纳入省级重点旅游项目名录，神居山的传说被列入扬州市非物质文化遗产名录，扬州市专门明确一名市委常委和一名副市长挂钩联系。

古老的土地焕发了花样的青春，神居山发生了翻天覆地的变化。走进神居山，我们看到万竿翠竹拔地而起，曲径通幽、竹影横斜、百鸟齐鸣，置身竹林，清新质朴。我们看到帝尧广场大气磅礴，先皇尧帝俯视大地、广览四海，置身广场，淡定自若。我们看到古悟空寺雄踞一方、神山爽气，众位神仙普度众生，置身寺内，神采奕奕。我们看到神居山麓绿草苍苍、白雾茫茫，青松翠柏，层峦叠嶂，置身山顶，宛若仙境。

千百万年一神山。钩沉史海，我们发掘数百首古人吟咏神居山的诗词；行走坊间，我们听到众多历史传说；游览遗存，我们发现神居山具有极高的文学价值、史学价值和文化旅游价值，它富含了山水自然美、人文思想美、质朴文化美，犹如一座巨大的宝藏。我们期待神居山的明天会更加美好、更加辉煌！

古悟空寺

古悟空寺坐落于苏、皖两省交界处,高邮湖西的神居山上,是这江淮地区的佛教文化中心,佛教东传来华首进的就是这座寺庙。后来人们又给此寺前面加上"千年古刹"这个词,意味它有着久远而又很不平凡的历史进程。

一、议案艰难阶段

多变的西汉历史,孕育了汉广陵王刘胥传奇的人生。在他人生走到尽头时,却又迎来悟空寺的诞生。是的,此寺是为守护广陵王刘胥墓而建,当初规划建寺有着艰难的过程。刘胥是汉武帝刘彻的第四个儿子,汉武帝封他为

广陵王，在扬州广陵定都。他在位期间确保一方平安、育一国之母、传一首绝唱。因心中不平衡，想登皇位，多次用巫婆作法诅咒皇帝。汉宣帝五凤四年（公元前54）被人告于朝廷，自己用绶带缢死，死后汉宣帝念其是自己的皇爷爷，让他下葬在自己（宣帝）早已规划好的墓穴——高邮神居山天子之制的"黄肠题凑"中，并饶恕他的家人，将他们贬为庶人。然而刘胥的长子刘霸却认为自家是皇亲，其父在世时又是有功之臣，故毫无顾忌多次向朝廷提出要保护好汉广陵王墓（那时中国还没有佛教，也就是请求朝廷在神居山上为其父建一座祠堂派人驻守）。他这样多次的提议遭到朝中一些大臣上奏，"刘霸想为其罪父平反罪不可赦，当斩之……"

汉元帝初元二年（公元前47），刘霸从庶人被立为孝王，然而还是难以得到皇上御旨。又过了多年，老天爷连续下了几个月的暴雨，下得皇宫里的元帝坐立不安并夜间得梦……便召太史令解析（太史令是皇帝的大红人，刘霸为建殿堂，在此前曾找过他，请其帮自己在皇帝面前通融有关此事），故太史令接旨即赶到，跪拜皇帝后道："广陵王以绶带自缢期间，天连降半年大雨，安葬时，他的红色棺椁是一路蹚着水走过来的，如今又是。此两次雨，是你太皇爷死后心不安在哭泣，他的哭震动天地，天老爷也为广陵王哭泣，万岁应批示刘霸建祠堂方案为是，让太皇爷在地下修缮自己的亡灵，弥补过失。"太史令的话说到皇帝的心里去了，元帝正是这样梦见的，故于永光四年（公元前40）春二月"赦天下"，不追究过去犯错误的人。

二、始建至兴盛阶段

皇帝下旨的当月，性情急躁的刘霸立马邀来汉代建筑学家阳成延之孙设计图纸制定建造方案，然而到开工之日不知何原因又搁下了，一直到西汉末期汉哀帝元寿年间刘胥祠堂才建成，多年后，为迎接西域佛教进中国来到这里，又将此祠改建，并改名为悟空寺。于东汉初期汉明帝永平二年（59）春，一座融春秋时期造艺精华，结合汉代一些园林胜景之特点的崭新的悟空寺呈现在世人的眼前，总占地面积3000多平方米。

浮想当初耸立在神山山巅之上的寺庙，像一座青竹滴翠的空中楼阁。寺脚下的山门大道是寺庙的耀眼部位，更让人有着独特新颖题意之盛感。大道旁侧有一口白龙塘和一个白龙洞，庙脚下流溪水，溪水连塘，塘水清澈透明，好似天赐的一面镜子，倒映着寺庙影儿，形成一幅山与水的美妙画卷。与塘唇齿相依的洞（传说远古是天上小白龙的家，小白龙常在洞中出没），洞口金光闪烁、雾气缥缈中悬着一条惟妙惟肖将要升腾而又飞不上天的金龙。两幅画面有巧夺天工之美，尤其是洞口白龙的巨幅画面，又含蓄地告诉世人在那个时期朝廷于理不公，埋没了汉广陵王刘胥这一旷世奇才，使之含泪九泉之下。

山门大道直通寺庙，来到朝拜广场，那整座庙宇便尽收眼底。寺庙背靠山巅，按主轴线由东向西依次排列的是钟鼓楼、弥勒殿、地藏殿、天王殿、大雄宝殿、观音殿、大悲殿，主轴线的两侧各有一排南北对称的（法堂、禅房、方丈室、僧舍、华严经舍……）配殿。

地藏殿藏有最珍贵的《华严经三品》两部、《大藏经》一部以及国画《百鸟图》、秘府典籍、钟鼎宝器稀世文物等。

天王殿内供奉四大天王、韦驮天、伊舍那天、帝释天、梵天、罗刹天等。

人们还记得，"千年古刹"悟空寺诞辰之日，远近八方的僧尼居士近二百人来此诵经、念佛，他们晨钟暮鼓、鼓乐喧天，从此吹响了山上喧闹的号角。特别是每年农历二月底的那七天，僧尼日夜修炼坐禅，还有三月三前后的五天庙会，香火更旺，周围香客怀揣各自的意愿拥挤于山上，磕头拜佛。有的祈求菩萨保佑自己一家人平安，有的来到送子娘娘身边焚香许愿求子，有的叩拜菩萨为自己消灾解难。山上山下，人声鼎沸，盛况空前。

寺庙从始建西汉哀帝元寿年间至宋朝，历经好几个朝代，虽然没有太大的修葺，然而它巍然屹立、经久不衰。屡屡扩建悟空寺是在这后期（魏晋隋唐），到了北宋，扩建达到顶峰，有房屋九十九间半（人们又将"悟空寺"寺名前加入"古"字，称"古悟空寺"）。一幢幢分层群递的殿堂是天蓝、淡绿、鹅黄、紫红的琉璃瓦盖顶，在阳光下形成佛光普照多景相连、处处生辉的绚丽景象。寺门依旧朝东，大门顶端有汉白玉石刻"古悟空寺"。殿堂内部主要是木框架结构，主堂大梁跨度达 10 米，原是神居山脚下的一棵降龙木，用此木做寺庙主梁有驱邪避凶之功能。寺庙中所有的屋梁又靠的是木柱支撑，这些白色独立柱、附壁柱根根都是雕梁画栋；另外在墙壁和地面建造上也让人耳目一新，墙壁上有各种仙道成像，地面上好似有人影晃动……

殿房前后分三进,虽多不胜数,但错落有致、别具一格。前进共五间,"弥勒殿"在中间,供奉弥勒佛;中进有主房三间,取名为三圣殿,供奉西方三圣;后进主房也是三间,中间是大雄宝殿、左边是观音殿、右边是地藏殿。

大雄宝殿是整座寺院的核心,大院正中摆放着一个铜铸的两耳、半人高的大宝鼎,北面放有一排大香炉,炉中香火缭绕;殿前竖有一对旗杆,旗杆顶部各有一个装饰华丽的幡斗;殿中供奉一、三、五、七尊不同释迦牟尼像,每座像前都挂着经幡及各种法器。"大雄"是佛的德号,"大"指的是万有的意思,"雄"指的是摄伏群魔之意。因为释迦牟尼佛具足圆觉智慧,能治病驱邪如电闪,飞腾云雾遍虚空,雄镇大千世界。

观音殿,共有48根大圆柱,其中八根柱上设有古朴典雅的九龙戏珠,一龙盘顶,八龙环八柱,昂首舞爪凌空而下,造型优美。正中供的是高大的毗卢观音菩萨,两边端坐着三十二应身。

三进中有天井两个,南北各有厢房八间,厢房内设法华殿、华严殿、药师殿、财神殿等,殿内供奉各方菩萨及十八罗汉像。西北角的往生堂、方丈室是寺院住持坐禅的圣地。

寺院是很多的人们渴望求佛得道的地方。"每年八月间,天高云淡,人们来此登临山巅,极目东眺……"苏轼、黄庭坚、秦少游等文人曾登临古寺,留下诸多吟咏。明朝建文帝在朱棣夺取皇位后削发为僧,从地宫逃出南京,而其藏身的第一座寺院就是神居山千年古刹悟空寺……因年代久远,后来民间又在"悟空寺"前面加入"古"字,后来,就把此寺庙作为凭吊建文帝的庙堂,香火日盛。

乾隆年间,古悟空寺又得以重修。清代名儒阮元为古悟空寺撰联:"峭壁贯东南,石棋匝地,银杏参天,望盂城双塔悬空古寺,好修佛果;长湖绕西北,松泉飞瀑,药臼含云,看甓社一帆稳渡名山,定有仙居。"

三、几经兴衰阶段

在朝代更迭的历史长河中,古悟空寺遭到了几代浩劫、几经磨难。

1. 明清交替时期,一代枭雄吴三桂成了水陆大元帅之后不忘回祖籍神居山古悟空寺祭祖，让古悟空寺惨遭两次灭顶之灾。

2. 清朝光绪年间，再建古悟空寺三十余间，重现远古寺庙的前后三进。

3. 日本侵华战争时期，神居山成为中日争夺的战略要地，敌我双方在此展开了激烈的战斗，古悟空寺随着中国军队的失利而墙倒屋塌，一片凄凉。

4. 1945年秋，国共两党又拉开了内战的序幕，战斗的枪声打破了神居山昔日的寂静，国民党烧杀抢掠神居山脚下的人民，古悟空寺也难逃一劫。

5. 1948年，一位姓查的和尚建起了几间草房，供奉起四座菩萨佛像。中华人民共和国成立后，天山政府在原前大殿的位置上，砌了一幢木结构的庙堂。

6. "文化大革命"期间，神居山又惨遭打砸，为数不多的法物遗存，几乎破坏殆尽。

7. 1970年，高邮县在此开了一个采石厂，寺庙房屋被飞石炸得墙倒屋歪，后来高邮面粉厂建厂需要材料，就把古悟空寺所剩无几的几间房全拆除了。

8. 1999年，因炸山不安全，一个叫丁浩明的和尚就在山下的小房里供起了菩萨，重起了香火，周围的香客闻讯前来烧香。

9. 2001年，山上停止了开采凿石，恢复了神居山的平静，在后来的三年间，菱塘的小路和尚释宽宏在山上共建了15间殿堂，初步形成现在古悟空寺框架。

10. 2009年，来开发神居山的杨国宝以45万元买断了前文小路和尚所建的殿堂，并从外地找来了一位81岁名叫吉辰的老和尚和一位小和尚来这里维持香火。

如今，江苏省把此山列为重点旅游项目之地，该项目于2005年开始实施。建设的古悟空寺新大雄宝殿（附属厢房、禅房、道路、山门及景观绿化）占地999平方米，主体建筑已经完工。由于某些原因，神居山旅游项目工程几次建而停工，古悟空寺的重建也同样。目前，送桥镇政府根据省政府的要求，又把建设这一宏伟旅游工程提到议事日程上，古悟空寺有望建在其中。

虽然古悟空寺经大建—大毁—再建，然而由于其悠久的历史和传奇的身世，依然吸引着方圆数百里信众，每逢佳节，争相礼拜。尤其是每年春天，烧香拜佛者不约而至。

"千年银杏"是神居山标志之一

过去神居山上有一雌一雄两棵银杏，它们是两千多年前建造悟空寺时栽培在寺庙门口的风景树。

至今人们记忆犹新的是，在七八公里之外看那棵十多人难以围抱的大银杏，像是降落在神居山顶上的一朵云，风来时左右摇荡，像是向人们招手，大雨中又像是给人们撑开的一把伞。是的！这银杏树遮阴面积较大，当年林场村召开社员大会，一千多人齐坐树下，还绰绰有余。

还有让人称奇的是，此树朝北的一面，冒出了一株没有杈儿的小银杏，像旗杆那样笔直，依偎在大银杏旁。两树同根，上面老枝缠绕的大树中间部位，长有八九个半圆形树瘤，鼓在外面，似妇女乳房，它又像是妇女护小孩美丽的图画。

银杏与古悟空寺同岁，它们有昔日的辉煌，也经历了岁月的磨难和雷电的炼狱，它老枝吐翠、开花结果，此白果亦无心（无核），十分罕见。40年前，山上的寺庙被拆除，银杏也几次被大火烧，后被锯倒用于山下办厂。南山墩上的一株小银杏也被开山凿石，落在几十米深的石头塘一边的山崖上，像是被一些杂树茅草挤拥在一座孤岛上，树根裸露，摇摇欲坠。

2010年，杨国宝向扬州市文物保护单位争取到资金400多万元，从外地请来工匠，在这银杏树西边40米深的石头塘中垒石筑坝，将其中的积水抽干用砖石垒墙，再用吊车送土培根。2014年，杨国宝又争取到江苏省文物保护资金300万元再次启动银杏树保护工程，使得枯木逢春，长出了新枝。

帝尧生平简述

据历史学家最终推断："帝尧出生于'三阿之南'。"也就是江苏高邮县西北，神居山一带。

帝尧是在他外祖父家诞生的。小时候先随外祖父姓伊祁氏，后封于唐，故称唐尧。他是古今中国人公认的"三皇五帝"之一（这里的"三皇"即燧人、伏羲、神农；"五帝"即黄帝、颛顼、帝喾、尧、舜）。

帝尧父帝喾，姓姬，名俊，号高辛氏。其母庆都，是帝喾的第三妃。传说庆都是神居山上石头降生，养母是陈锋氏，陈病故，又被伊长孺收为义女。庆都人长得非常漂亮，她的头顶上常有黄云覆其上，常有龙随之。庆都二十岁时，到"三河"（神居山一带）游玩与帝喾一见钟情，于三月十五日结合，后庆都怀孕，十四个月生下尧。

尧是帝喾的第二个儿子，十三岁受封，十六岁封唐侯。帝喾归天后，尧的长兄挚为帝，后不多年让位于尧。尧封唐侯时，娶散宜氏之女为正妃，后生长子监明、次子丹朱。其余九男都为妾所生，还有两个女儿，一个叫娥皇，另一个叫女英。

据《尚书·尧典》记载，尧派羲仲、羲权、和仲、和权住在四个方向观察天象，按太阳、月亮及星辰的运行制定历法。观察日出的情况，此四人分别得出："以昼夜平分那一天作为春分""以白天时间最长的那一天为夏至""以昼夜平分的那一天作为秋分""以白天最短的那一天为冬至"。以三百六十五日为一年，每三年有一个闰月，用闰月调整历法与四季的关系，使每年的农时正确，不出差错。这样劳动人民就能够依时间按季节从事农业生产活动。由此可知，古人将帝尧的时代视为农耕文化出现飞跃进步的时代。

尧之时代，天下洪水泛滥成灾，在众多的关于尧、舜、禹的古籍中都提到当时的洪水。据《尚书·尧典》记载，尧在发大洪水之际十分焦急，请来部下问："何人能治水？"众人推荐鲧。鲧出来治水采用所谓"水来土掩"的方法，治了九年，一点效果都没有，结果被尧帝处死。又命轩辕黄帝八世之孙舜去治水，舜起用鲧的儿子大禹治水，大禹治水取得成功。由此可见，尧时代的治水对华夏文明的贡献。

尧帝常常深入穷乡僻壤，到远野的地方去寻查细访，求贤、选用贤才。其中到过北岸的姑射山，拜访方回、善卷、披衣、许由四位名士。其中善卷很重义气，有着为朋友的情谊而甘愿为他人牺牲自我的气度，他也不贪富贵，是有名的贤人。尧以平民对待长者、学生对待老师的礼节去拜访他……

《史记》载，尧帝"其仁如天，其知如神，就之如日，望之如云，接近他如太阳一般温暖"。他十分关心民众，吃喝、穿戴不搞特殊，大臣们用黄金、玉石为他建宫殿，尧不同意，而同大臣一样盖茅屋入住。

他还常深入民间体察民情。一天，帝尧半路上见一个山民倒在路旁，便走向前了解，得知此人是因饥饿而倒，便拿出自己的干粮递过去，让他吃。又路过一个小镇，尧发现一个罪犯被捆着，便走过去询问后得知他是没吃的去偷而犯罪，尧对公差说："他没吃的是我在犯罪，把我也捆起来吧。"于是，尧命人把他捆起来，站在罪犯旁，黎民百姓从四面八方涌来观看，感动得一片哭声。

帝尧回来后设谏言，让百姓尽其善言，改其错误。他热爱黎民百姓，天下百姓渐渐地过上了丰衣足食的生活。

尧在位七十年，后禅让舜执政，让位二十八年后死去，百姓悲哀，如丧父母，人们对尧的怀念之情极为深挚。

神居山一侧高邮湖中的"甓社珠光"

龙虬庄遗址的发现表明：神居山一带是古人类的发源之地，由此也成为天外来客所选择的拜访之地。

对一些不明飞行物"UFO"——飞珠，不是现代人所发现。早在3000年前的原始壁画上就有这种画面，很早时就有几位大文豪对这种新奇的事物产生过极大兴趣，并用文字记录了下来。

北宋学者庞元英的《文昌杂录》一书中关于"UFO"的记载颇为奇特有趣："庄居在高邮新开湖边……俄而明如月，阴雾中人面相睹。忽见蚌蛤如芦席大，一壳浮水上，一壳如帆状，其疾如风。舟子飞小艇竞逐之，终不可及，既远乃没。"

宋代沈括《梦溪笔谈》载，还是在神居山附近的湖中出现的不明飞行物。人们常在天昏暗时，看到这造型特别大的东西。说一开始是在天长一湖中疾驰，后来到甓社湖，飞了几圈又转入新开湖，在十多年的时间里，居民常看到……

他的朋友在湖上书房中也看到过，说一开始，不明飞行物慢慢打开其珠房，一道光射出来，如横看是一条金线，一会儿珠房全打开，有半张席大，壳内是银色的白光，中间珠子有拳头大，光芒就像照射的太阳，让人眼花，天空一片红色，如燃烧的野火，悬于湖面飞行。

宋神宗元丰年间（1078—1085），也是在新开湖边，孙觉看见湖中出现像月亮的不明飞行物。它张开珠房，一壳漂浮在湖面上，另一壳像大船上的帆顺风疾驶，人们划着小艇去追逐它，不明飞行物速度快，追不上。几年后孙觉去京城，考取了进士。人们说孙觉是看到湖中的"珠光"遇到了好运气，他们便把看到珠光当作遇到"兆福"。许多过往客商和学生,只要来高邮便在甓社湖边住下,期待珠光的再次出现,给自己带来好运。后来人们在湖边建起了"玩珠亭",以便游客观赏。

高邮湖上"甓社珠光"也就由此成了"秦邮八景"之一。

神居山温泉

自从有人类那天起,人们就谈论神居山有温泉水的存在。其位置在古悟空寺脚下,源源不断向东小溪里流,那时就有传言说此温泉水能治病。

后来神居山开山,把这地热井水炸没了。近年来,地方政府提高了对温泉养生的认识,多次请来江苏地质勘探队来神居山探测。确认此山有三处能打出温泉:第一处,古悟空寺脚下至白龙塘之间;第二处,原北山墩下(县采石场附近),称北区;第三处,山东太平组金保亮庄地上,称东区。

从2017年开始,专业钻探队在东区正式探寻作业找到泉眼。2018年5月10日,开钻打井,到7月21日完工。据专家介绍,神居山温泉的水质在我国范围内是十分罕见的,水中多种矿物元素对人体健康大有好处(验证了前文古时传言井水能治病的说法)。井水碘含量为6.92毫克/升,锶含量为22.6毫克/升,偏硼酸含量为46.2毫克/升,偏硅酸含量为45毫克/升,溴含量为15.8毫克/升,锂含量为4.09毫克/升,都达到矿水浓度指标。

据中科院院士汪集旸说,温泉井的水质达到了医疗矿泉水的水平,可提炼其中的元素作为医药用品,这属于世界顶尖、国内一流的顶级珍稀温泉。

2018年7月底,省市国土部门和高邮相关部门联合宣布,位于高邮神居山脚下、编号为RGS1的地热井正式出水。消息一经传出,便惊动了远近的村民,他们为了祛除脚气及皮肤病等,从家里带来水桶、盆等争先恐后来这井边泡脚、洗手,还带很多水回家用。人们不禁惊叹:"此水真是治病的好水呀!"

附录

神居山诗词古韵选

　　神居山三面环湖，环境十分幽雅。每年八月间，天高云淡，人们三两结伴登临山巅向东眺望。文人墨客饮酒赋诗，相互唱和，留下了众多诗文篇章。清代九省疆臣、三朝阁老、一代名儒阮元撰联："峭壁贯东南，石棋匝地，银杏参天，望盂城双塔悬空古寺，好修佛果；长湖绕西北，松泉飞瀑，药白含云，看甓社一帆稳渡名山，定有仙居。"

神山爽气

顾宗泰

清气朝来一何爽,神居之山足眺赏。
层峦岂必嵩华高,境幽尽许扪萝上。
青瑶古局说飞仙,丹成跨鹤升九天。
何事楸枰遗片石,仙人一首也争先。

注:

顾宗泰,一名景泰,字景岳,号星桥,江苏元和(今苏州境)人。年约八十,乾隆四十年(1775)进士,授吏部主事,官至广东高州知府。嘉庆五年(1800)留高邮珠湖书院主讲。嘉庆十一年(1806)移教娄东书院。嘉庆十三年(1088)入浙主万松书院。其家曾有月满楼。著有《月满楼诗集》。本诗录自《续修四库全书》第1459册。

神居山

李 滢

神居景物接秦邮，此日登临到上头。
气霁高空双塔露，水涵湖渚片帆收。
西来牧竖吹残角，南去飞鹜啄玉钩。
更踏蒿莱问丹井，荒冈曾有谢公游。

注：

李滢，字镜月，一字镜石，江苏兴化人，移籍高邮。生于明万历（1573—1620），明首辅李春芳四世孙。顺治二年（1645）举人，绝意仕进，遍游名山大川。著有《敦好堂诗文集》。

登神居山之二

贾田祖

百里平芜此地尊,巉岩乱石耸云根。
鳎餐淌魅悍宄觯,隐隐波涛大泽翻。
寂历一僧依古寺,萧条万木拱高原。
亘公仙去无消息,荒井如寻玉女盆。

注:

贾田祖,字稻孙,号醴耕,江苏高邮人。翰林院检讨贾兆丰之子。本诗录自《四库禁毁书丛刊》集部第六册《甓湖联吟集》卷六、《三续高邮州志·艺文志》和《客瓯轩诗抄》。

神居山晚眺

孙弓圣

望中千里碧,春水接遥天。
风静浪无势,江清月正圆。
晚潮连石动,渔火杂星悬。
淼淼思何极,归船独扣舷。

注:

孙弓圣,生卒年不详,江苏高邮人。孙宗彝子,弓安、弓释弟,附贡生。康熙时在世。本诗录自《高邮耆旧诗存》二册。

秦邮八景诗·西山爽气

孙宗彝

容裔轻桡出水邮,茏葱远岫挂云头。
千柸局变三峰老,万里尘飞一镜收。
赛井人曾传炼火,荒台我欲倩垂钓。
沧桑极目迷蓬阆,天地浮鸥足卧游。

注:

孙宗彝(1612—1683),高邮人,字孝则,号虞桥。清顺治四年(1647)进士,授秘书府中书官至吏部郎中,外升蓟州分巡副道使。顺治十五年(1658),辞官侍母,因言治河失策,忤治河使者,被诬陷下狱,死于狱中。

神居山访亘公遗迹

孙同辙

晓日登高望，翛然出林薄。诸峰自南来，隐隐复约约。
攀援陟萝磴，翠微构兰若。仙雨落岩岑，微云卧高阁。
南齐有亘公，修炼传丹药。斯人千载上，高风渺寥廓。
何为甘肥遯，择地此栖托。含笑谓山僧，应识神居乐。

注：

孙同辙，字次眉，江苏高邮人。孙中黉子，五岁失怙，乾隆二十四年（1759）举人，其弟同敩与兄同榜，得第一名（解元）。兄弟俩佐其外祖父乡贤王懋竑编辑《朱子文集注》。

登神居山

杨福申

车停山下路，健步上嵯峨。
古木禅居寂，斜阳怪石皤。
长湖帆影没，荒陇烧痕多。
忽忆烧丹客，临风发浩歌。

注：

杨福申，字引卿，号雨溪，生卒年不详，江苏高邮人。光绪间在世，福臻弟，兄官京师，福申不出应试，专理家政。兄俸不足用，福申随时供给，年五十余卒。有《容安小室诗钞》，附诗余，光绪二十三年铅印本。

咏怀古迹八首·神居山

李必恒

神山一拳耳,上阜石磊落。地脉接蜀冈,突起何耸削。
时值风日佳,爽气入寥廓。遥遥观列岫,了了辨城郭。
其上有仙迹,井臼尚如昨。丹成去不还,御风跨黄鹤。
系子产菰芦,早作登山桥。济胜况无具,卧想空寂寞。
即此穷览眺,近游亦云乐。山有仙则灵,讵必高衡霍。
终期谢尘鞅,置田傍山脚。亘公有时归,相从采丹药。

注:

李必恒(1666—?),字百药,一作北岳,晚号樗巢,高邮人。以诸生终。沈德潜称其"年止中寿"。品端学富,时有"时文第一,古学无双"之誉。著有《三十六湖草堂诗集》。

登神居山

陈 桂

探奇有癖肯辞劳,绝顶凭陵气倍豪。
呼出仙人吹铁笛,招来田父罪春醪。
全湖水敌潇湘滴,数里山同华岳高。
我欲结庐依井臼,烧丹无术待卢敖。

注:

陈桂,字腾芳,号沛舟,生卒年不详,江苏高邮人。兆兰弟,乾隆十八年(1753)拔贡。邃于经学,著《问樵集》。有《陈桂诗选》一卷,辑入《甓湖联吟集》。

九日登神居留题

陈 造

行行十刻冒风沙,骤喜深堂放马挝。
旅报阴云漏红日,其追佳节把黄花。
多烦沽酒留元亮,莫漫移文调孟嘉。
未竟笑谈人树醉,檐栖片月欲翻鸦。

注:

陈造(1133—1203),字唐卿,高邮人。南宋孝宗淳熙二年(1175)进士,官至淮南路安抚司参议,时称淮南夫子,自号江湖长翁。著《江湖长翁集》传世。

晓出土山

释道潜

绕山修竹晓参差,叶叶涂霜坠碧枝。
日脚渐高风乍起,萧萧恰似雨来时。

注:

释道潜(1043—1106),本名昙潜,号参寥子,赐号妙总大师。幼时出家为僧。著有《参寥子诗集》。土山即神居山。

神居山

吴 康

朝阳出林莽，疏烟散平陆。晨钟耸静听，高树迎远目。
相传谢太傅，于此成幽筑。遗迹虽沦没，余韵留岩谷。
陟岭平若掌，缘磴净如沐。晴栏纵遐观，妙境俨画幅。
空湖水光濛，丰茸野花簇。翠羽明丹崖，芳潭映修竹。
清幽喜愿偿，游行恨时速。谡谡松风吹，归途伴樵牧。

注：

吴康，字少文，生卒年不详，江苏甘泉人。与同邑焦循友善。有《白苧草堂诗钞》。此诗录自《三续高邮志·艺文志》。

说《神奇的神居山》写作

张明光

《神奇的神居山》是为开发当地旅游业而作。完稿后,我高兴地约见了张老师,一见面我和张老师就开门见山地聊起了他的写作,"你有两篇写的是《王西楼嫁女儿——话多》《露筋晓月》,请问这两篇是否有远离神居山一带的范围?"他道:"远古神居山,'而股趾盘礴甚大,傍见数墟'占据整个江淮地区。我撰写的就是早年神居山这一带广为流传的传说。文稿全部内容(包括这两篇)都局限于高邮市内,更没超出江淮所在地,怎么会偏题呢?反之,即使这两篇作品是神居山地区之外的内容,但它却一直在我们这一带的街头巷尾中人人传颂,这毫无疑问也同属神居山传说啊!"我点头称:"是。"

从谈话中我还了解到,文稿写作过程并非一帆风顺。张老师的童年时代,正处于十年浩劫的"文化大革命",没上过一天安静的学,工作期间又有长期的眼病,知识水平一直在原地踏步。在这种情况下,他几次拿起笔但感到力不从心,再加上在搜集材料时,遭到一些人的阻挠说:"啊呀!我看你写一篇文稿都难,别再去异想天开了。"资料难以从众人处获得,只能关起门唱独角戏,那能唱出什么道道来呢?

过了两年多自己又想去写,不过再次动笔是一次重新起步,要开好头,得先从"学而知之"中打开写作的大门,利用工作之余去弥补自己所缺的知识,弄懂如何选择材料,怎样去谋篇布局……经过一段时间的文化"加餐",七拼八凑地写出一篇文稿,接着又完成了第二篇、第三篇……他越往下写越觉得信手拈来,尝到了写作的甜蜜,同时身边挚友也不再风言风语了。不仅如此,他们还主动上门提供材料,这就更加增强了他写作的信心,有时老眼病发作都不休息一下。

就这样点点滴滴，写作源泉汇集在他的笔下，在他欲舍不能之时，那轰轰烈烈的旅游业开发工程却戛然而止，他失去了写作意义，便再次罢了笔。接着家里建房搬家，这些稿件损失得所剩无几，电脑也没了。后来是睦邻坊老板再次开发，于是他又开始了他的写作，然而大多数故事情节还得重新回忆整理完善，就这样一直断断续续撰写到2019年底，最终还是完成了。

在此，我祝贺张老师写作完美成功。

作家朱延庆阅《神奇的神居山》留言

徐 步

作者登门请作家朱延庆指导《神奇的神居山》时我也在场,老先生已至耄耋之年,还时刻关心着对我神居山旅游区的开发,张春鹏搜集整理的这文稿与他有共同的心意。老人家说,神居山传说流传甚广,没人搜集,今天张春鹏搜集了,值得人们一观。

他向送桥政府建议:旅游业开发要根据稿件中所写的内容把实体的东西展现给人们看。

其一,把神居山的"神"附予开发项目中,以画面或浮雕的形式去展示当地流传甚广的神话传说,去体现古老神居山的历史。

其二,打造"白龙洞""白龙塘"。"白龙塘"是山与水天然合一的自然景观,游客可乘着游船在塘

中游玩;尤其是"白龙洞",是人们最喜爱去钻的地方。

其三,建造"丹陵博物馆"。在公元前420年间至公元前265年的晋朝,东晋宰相谢安在遭人排挤后来这里炼丹,后来南齐有一位叫亘公的人也曾在这山上结庐修道,炼丹种药,他炼了九次仙丹才炼成,吃下三天后就得道成仙,更不要说"仙人井""仙人棋""仙人碓"了。

其四，神居山是古人类的活动中心。根据龙虬庄旧址的埋没，以及传说秦始皇赶山塞海，进一步推断出远古时代神居山一带地质构造活动频繁，导致这里经常闹大水。汉广陵王刘胥死后，来神居山安葬时，神居山一带的洪水虽然退了许多，然而他的棺椁还是蹚着水艰难行进而来的。遭遇大洪水淹没的此地先民们靠着神居山藏身，故而从古至今这山一直成为人们朝拜上天之地。

他还建议把《神奇的神居山》留存为"扬州市非物质文化遗产"。

后　记

　　神居山的山山水水，给人们留下了众多的故事传说。为了使这些源远流长的传说不失传于我们的后人，今天我拿起手中的拙笔整理出一部分。在此要说明的是：对于人们口头传说的故事并没有全盘录用，有的删减其言之无物的东西；有的从故事完美的角度出发，则在中间穿插一点有趣味的话题，尽量做到合乎情理去梳理故事的原委。

　　如人们传说，宋朝杨门女将穆桂英出生于神居山，然而穆柯寨则在山东境内。要说此有误传，穆桂英的上马台一直保存到中华人民共和国成立前，故而在写作时，我更正了传说中一些不正确的说法。还有"穆桂英是从老和尚的尿壶里蹦出来的""和尚要煮吃掉她"两句说法也不妥，在文稿中我也更正了。

　　在《"淝水之战"与山上围棋》中，穿插了一段"谢安下围棋"的故事："报告大都督！苻坚分两路人马向我东晋逼近。"谢安正在和一位将军对棋，面对探马来报，他不慌不忙推开棋盘，又开始考虑另一盘棋——作战方案。他离开桌子向前踱了两步，便有了灵机："我何不用这棋中'诱骗之手'去杀一杀敌人的威风。"故而叫来一个叫朱序的官员如此这般去做。

　　谢安从方案中请出这一颗棋子（朱序）就像一颗定时炸弹埋进了敌军的心脏。谢安布置好此迎敌的方案后，便来到淝水淮河之北，让自己的侄子谢玄当前锋，把当地的百姓迁到南方，粮食都带走，不让秦军有吃的。他们正紧锣密鼓安排着，只见河对岸烟尘滚滚，敌方苻坚的大队人马已浩浩荡荡来到了前线。

　　再有考虑到现代人的认知，不过多漫无边际地去说那超越自然的"神话"……

在搜集整理过程中本人也参考、借鉴历史资料和名士文章，引用其中的名人名句……

总之，通过本人的不懈努力，方有了今日秋天的硕果。当然，这收获的背后离不开上级领导们的帮助，特别感谢高邮作家朱延庆县长、高邮文旅部魏道智部长、高邮文旅部王拓部长、高邮旅游局王玉清主任、高邮新闻出版科周敏科长、高邮汪曾祺纪念馆姜红兰馆长、扬州文联《文艺家》杂志校对孙凯歌，还有身边的挚友、同人，其中受林龙校长、陈福银、徐步老师的提示，我写成了《神居山上的"一声惊雷"——帝尧的诞生》《天上 人间》等。特别令我高兴的是，去拜请作家朱延庆，在他老人家的点评及指导下，我的文稿增添了新的神采。在他们的鼓励和协助下，此书终于写成并即将出版，在此本人对他们的关心及帮助表示感谢！

中国"民间故事"数不胜数，自己却知之甚少，很难整理出有价值的东西，如若这些趣话故事非生动、非情深入味，读起来使人感到苦涩，在此本人感到十分抱歉。

另外，若在书稿中存在讹错、措辞不当等方面问题，恳请饱学之士给予指正。

作 者

2019 年 11 月

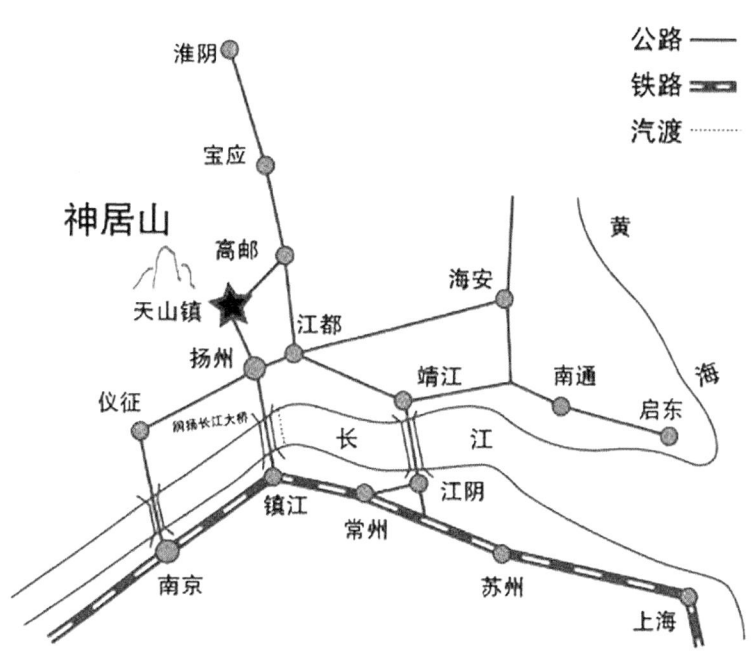